我的诗是一行行开往春天的高速列车
这扇窗就是展示中国盛景的重要窗口

陈灿诗选

# 窗口

陈灿 著

浙江人民出版社

图书在版编目（CIP）数据

窗口：陈灿诗选 / 陈灿著. — 杭州 ：浙江人
民出版社，2021.7
ISBN 978-7-213-10182-3

Ⅰ. ①窗… Ⅱ. ①陈… Ⅲ. ①诗集-中国-当
代 Ⅳ. ①I227

中国版本图书馆CIP数据核字（2021）第111900号

## 窗口——陈灿诗选

陈　灿　著

| | |
|---|---|
| 出版发行 | 浙江人民出版社（杭州市体育场路347号　邮编　310006） |
| | 市场部电话：(0571)85061682　85176516 |
| 责任编辑 | 吴玲霞　汪　芳 |
| 责任校对 | 朱　妍 |
| 责任印务 | 程　琳 |
| 封面设计 | 毛勇梅　陈耀辉　邱丹艳 |
| 电脑制版 | 杭州兴邦电子印务有限公司 |
| 印　　刷 | 浙江新华数码印务有限公司 |
| 开　　本 | 710毫米×1000毫米　　1/16 |
| 印　　张 | 17.25 |
| 字　　数 | 96千字 |
| 插　　页 | 6 |
| 版　　次 | 2021年7月第1版 |
| 印　　次 | 2021年7月第1次印刷 |
| 书　　号 | ISBN 978-7-213-10182-3 |
| 定　　价 | 69.00元 |

如发现印装质量问题，影响阅读，请与市场部联系调换。

# 序一 为祖国和生命歌唱

吉狄马加

今年是中国共产党成立100周年，讴歌党的百年历程，抒发爱党爱国情怀的诗作呈井喷之势，新作迭出，陈灿诗集《窗口》是其中出类拔萃者。阅读一过，共鸣良多，我愿为之作序，向大家推荐。

陈灿是经历过生死考验的诗人。他参加过老山作战，在战场上身负重伤，先后辗转于云南前线战地救护所、蒙自野战医院、浙江湖州原一军军部医院等多家医院治疗，度过了长达两年多的医院救治和康复生活。伤愈后穿着军装上大学，在杭州大学中文系读书。

无论在炮火纷飞、生死一线的战场，还是身负重伤、艰难康复时期，以及后来的多个工作岗位上，陈灿始终没有放弃对于诗歌的热爱，没有放下写诗的笔，用他的话说，诗歌是他"灵魂的伴侣"。战场上，陈灿和牺牲的、活下来的战友，用生命守卫祖国边疆，又将爱、牺牲、责任化作情感充沛、风格鲜明、思想性艺术性高度融合的诗作，传之远方，垂于后世。他诗篇中洋溢的，永远是对祖国最深的忠诚，对党的无限深情，对生命和美好生活的真诚热爱。这本诗集中的作品，便是优秀代表。

习近平总书记在浙江工作时，提出"红船精神"，即开天辟地、敢为人先的首创精神，坚定理想、百折不挠的奋斗精神，立党为公、忠诚为民的奉献精神。诗集中的《航迹》一诗是唱给建党100周年的心曲，也是对红船精神的诗意阐释。"如果有一池与世无争的湖水你看一眼/却能让人产生如同看见大海的感觉/那一定是浙江嘉兴的那个南湖/如果有一条小木船内心也有一个浩瀚的远方/那一定就是嘉兴南湖的那条小红船/那一条小小红船承载着一个政党的日升月落/承载着九百六十万平方公里江山的不变航向"，从南湖红船起始，诗人笔底波澜，回溯了百年大党的风云奋斗和壮丽成功。"九十六年后十月的一天阳光洒满山水江南/一位新时代的领路人带着他的战友们/从北京赶赴上海又匆匆来到南湖岸边/伫立在地球东方一个平静的湖畔/深情瞩望着湖水中那条小小红船/'一个大党诞生于一条小船'/这是他十年之前/曾经站在红船边上发出的肺腑感言/今天他站在这里再次向红船庄严承诺不忘初心/永远追随一支穿草鞋的队伍踩踏出来的道路毅然前行。"这些诗句，是文学，是哲学，也是政治学，诗人准确把握住了"为人民服务"这一中国共产党人的初心和使命，并以此为基点，描绘出这艘起航于南湖的神州巨轮一个世纪的航迹，以及它的掌舵人无畏伟岸的身影，"那双大手曾为弘扬红船精神新建的纪念场馆奠基/今天正在为一个国家这艘大船缓缓起锚沉稳解缆"。

纪念改革开放40周年，陈灿写出了《从春天到春天》，热情讴歌故乡安徽凤阳小岗村率先实行包干到户的18位农民，"当年那十八位农民的手指/在一张土地般朴实的纸上摁下生死契约/天 已被他们捅出了十八个窟窿/地 已被他们捅开了十八个口子/那十八个指印如同十八粒饱满的种子/撒在了希望的田野上开出/十八枚指纹印一样的花朵/一直怒放在历史的册页上昭示我们"。在中华人民共和国成立70周年之际，陈灿以

《中国在赶路》献礼，以长征比喻新中国走过的七十载峥嵘岁月，每段均以"那是一个国家在走/——中国在赶路"收尾，铿锵有力，如奋进的鼓点，似前行的路标。陈灿每逢大事有歌吟，但这些诗作绝非应景之作，而是从灵魂深处迸发出来的艺术之花，在当今政治抒情诗版图上，陈灿占据重要位置。

陈灿被称为"战士诗人"，不仅缘于他在老山前线猫耳洞里走上了诗歌创作道路，在炮火冲锋的间隙，用铅笔头在香烟盒上写诗，而且源自他心中一如既往的战士情怀。"一个战士在窑洞把自己的青春烧成一块好砖"（《航迹》），既指张思德烈士，也是自况，在前线、在病床、在不同的工作岗位上，砥砺自己的心力和笔力。

陈灿诗中最饱满的，是对祖国无限的爱。的确，为守卫祖国边防而战斗过的人，更明白保卫祖国的责任。卫国戍边英雄烈士陈红军生前对来犯者大喊，"我站立的地方是中国！"用生命履行了战士的使命。被誉为"战士诗人"的陈灿在诗中写道："祖国，祖国就是身旁那绵延的边境线/就是我中弹倒下时/死死搂在怀中不愿松开的/半块活着的界碑"（《提起祖国》），"不应该埋怨一个死去的士兵/什么也没有留下/阳光活着/风还在动/日子界碑一样站稳了脚跟"（《一个士兵留下什么》）。"界碑"是陈灿诗中一个突出的标志性意象，因为界碑不仅是领土的标志，是祖国最直观的体现，更代表战士对国家无限的爱与忠诚。

与爱国相依相伴的，是诗人对于生命的尊重。也许只有经历过死亡的人，才真正懂得生命的可贵。浓厚的生命意识，是陈灿诗歌另一个鲜明特色。他为英勇投江的抗联女英雄献诗《她们要燃烧自己给中国取暖》，不仅在诗里完整记下八名女兵的名字，而且一点也没有减少诗意，"八位女兵的名字如八朵鲜花/盛开在历史的枝头永不凋落/在又一个春天到来的时候/簇拥着我们一路前行"。陈灿把诗歌和生命紧紧相连，"如果一颗子弹把我的生命钉在了十八岁上/接下来我要对埋葬者提出小小请求/对不起我亲爱的战友请你深挖一尺/那就是对我和对我诗歌的厚葬"（《把一首诗在阵地上埋葬》）。在老山防卫战阵地上，死亡随时可能到来，他想到的，是和诗葬在一起。

近年来，陈灿多次到麻栗坡烈士陵园祭奠，并为长眠的战友写下简短却深情的诗，"鲜花是瞬间的/掌声是瞬间的/生命是瞬间的/可是，为什么/亲爱战友，每当想起/你瞬间消失的生命/我的心会疼得那么久/死了，还有这几行诗句/在世上疼着……"（《瞬间》），"三十多年没有相见/今天终于站在你面前/一忍再忍/我什么也没有说/只对着一堆泥土屈下双膝/只对着一块石头/轻轻喊了一声/你的名字"（《轻轻喊你》）。他缅怀牺牲的战友，在已消失的生命中，寻找生命的意义，有一种格外的沉重和价值，这对于纠正诗歌创作中依然存在的浅表化、碎片化，以及纠结于一己之悲欢的现象，无疑具有启示意义。

新时代文学是有道德、有筋骨、有温度的文学，新时代诗歌更应是有道德、有筋骨、有温度的诗歌，可以说，陈灿的诗完全达到了这一要求，题材独到、感情真挚、笔力雄健、震撼人心，读之给人以思想与力量，永远不失"战士诗人"的本色。

（吉狄马加，中国作家协会党组成员、书记处书记、副主席，著名诗人）

# 序二　从祖国大地上的生活之窗放飞的歌

曾镇南

陈灿在我国诗坛上崭露头角，是作为独具特色的军旅诗人出现的。他那些燃烧着崇高的思想、驰骋着瑰奇的想象的南线军旅诗，是被他自己以身许国、亲历战争生死考验所流的热血浸润过的英雄诗篇，带着从血管里喷涌而出的灼热和鲜红，成了一道凝定在祖国南天的历史的霞光，一个摆放在边陲红土地上祭奠英烈的神圣的花环。

请看陈灿在参战负伤归来的 30 多年后，写的这首述志诗《提起祖国》——

提起祖国

我那山河般起伏的胸膛

就熊熊燃烧着三团火焰

——没人看见我小小的心脏里

装着党旗国旗和军旗

祖国，祖国就是身旁那绵延的边境线

就是我中弹倒下时

死死搂在怀中不愿松开的

半块活着的界碑

这首写得如此凝重、如此清澈的短诗，同时具备了思想的广阔和艺术的集中，真可视为摆在我们面前的这本政治抒情诗集中所有的短吟与长歌的共同主题的艺术概括，也可视为这些日见其奔放、日见其斑斓的政治抒情诗同一个抒情主人公形象的艺术写照。党旗、国旗和军旗，是祖国卫士的灵魂之旗；宁死莫移缀在祖国边境线上的界碑，是执干戈以卫社稷的士兵形象的写真。

任何历史时期，军队的生活，都是祖国大地上人民创造历史的生活的一个组成部分。任何时期的军旅诗人，都必须循着"铁打的营盘、流水的兵"的军旅生活的规律来延展自己的诗之旅，沿着"非军人—军人—非军人"的生活流程去跋涉创作生涯。作为短期参战、负伤转业的"战士诗人"，陈灿自然更不例外。这位皖北大地上的农民之子，踵治水的大禹之步伐，聆听着深情守望的《涂山氏女歌》，身心感受着一个改革开放的新时代到来的大地的胎动和阵痛，在参军前即开始痴迷于写诗了。参军后当连队的文书，一度兼管着连队的兵器库，他就把这兵器库当成了学诗、写诗的诗库。一旦军中骤发战事，陈灿就荷枪赋诗，寄出那篇豪饮着"男儿的烈性"也回流着青春的柔情而终于决然铸血为剑、慷慨出征的《出征酒》，惊动了几千里之外的诗人、编辑刘立云。《出征酒》作为军旅诗人陈灿的处女作，像一道诗的闪电一闪即逝，使发现《出征酒》的诗人刘立云去追踪、寻访了20多年——而这时，陈灿的诗踪已经历了血光与烈焰交织的军旅诗阶段；他把他钟爱的士兵之歌，带回了祖国大地上的生活之歌的歌海诗山之中，开始了他创作生涯的后军旅阶段。但是，他的诗魂已经打上了永不磨灭的军魂的烙印。这就是他的第一本诗集《抚摸远去的声音》，虽然其中辑录了远比军旅诗广阔得多、丰富得多、深沉得多的生活内容，包含了更加缤纷的生活色彩、人生感触和感性的诗的丝缕，却以对军魂的抒写、军声军容的抚摸、咏叹为书名。

待他的第二本诗集出版时，尽管他的诗的灯盏已在他人生的长亭短亭联翩而至的驿路上处处点亮，但他仍然把那束诗的强光投射在那本重新点名的《士兵花名册》上，似乎他的诗神一直徘徊在战争的记忆之中——其实这多少有些错觉。不管是《抚摸远去的声音》，还是《士兵花名册》，内里展开的诗踪，已远迈纯粹的军旅诗之外，广涉祖国大地的山川日月、时代变迁的巨流微澜之中，汇入了大量质实而膏腴的新时期、新时代的生活之歌，出现了越来越多的显示诗人更深的诗才底色的红色的短吟与长歌——这是融合着陈灿思想的才能与诗的才能的、更具时代特色的政治抒情诗。

正是在这个领域里，陈灿悄悄地崛起于诗国的东南一隅，为时代贡献了许多打着诗人个性烙印的好诗，短歌兼高唱，长诗且沉吟，回应着人民行进的足音，应和着时代低昂的节拍。诗人的才情，也越来越丰赡、越来越灿然，待到作为本书的书名《窗口》这首长篇政治抒情诗出现时，我们欣喜地看到，诗人不但为我们打开了一窥浙江山河大地上纷呈的奇珍宝石，一溯吴越历史文化之流的来龙去脉与飞湍波纹，一望党所擘画开拓的现实通往未来的历史航道、时代坐标的生活实景，而且在这浩荡的长歌中，无意中也敞开了诗人的诗魂与诗才之窗，让我们可以窥见一个时代的代言人、先行者、预言家，正披着诗的瑰奇璀璨的衣裳在窗口探出身来呢。

在这里，我们对陈灿三部厚重的诗集作了一个掠影式的概观，对他在写得如此强烈而沉重的军旅诗的强光照彻下的全部诗歌创作生涯作了一个印象式的扫描。事实上，这只是打开陈灿政治抒情诗奥秘之门的第一步。让我们探窗而望，叩门而进，去具体而微地在这片政治抒情诗之林中作一番徜徉和涵泳吧。

（本文选自曾镇南长篇诗评《从祖国大地上的生活之窗放飞的歌》。曾镇南，著名文艺评论家，中国社会科学院文学研究所研究员，先后任职于中共中央书记处研究室、中国作家协会创作研究室，曾任中国社会科学院文学研究所当代文学室主任、《文学评论》副主编，首届鲁迅文学奖评论奖获得者）

# 目　录

窗口——陈灿诗选

目　录

目
录

# 第一辑
# 长歌：起锚解缆

如果有一条小木船内心也有一个浩瀚的远方
那一定就是嘉兴南湖的那条小红船
那一条小小红船承载着一个政党的日升月落
承载着九百六十万平方公里江山的不变航向

从石库门到天安门闯过了千重关隘走过万重雪山
那一条路呵越走越红越走越宽

# 航　迹

——写在南湖红船边上

如果有一条梦想成真的路

那一定是从上海滩石库门

通往北京城天安门的那条道路

如果有一池与世无争的湖水你看一眼

却能让人产生如同看见大海的感觉

那一定是浙江嘉兴的那个南湖

如果有一条小木船内心也有一个浩瀚的远方

那一定就是嘉兴南湖的那条小红船

那一条小小红船承载着一个政党的日升月落

承载着九百六十万平方公里江山的不变航向


此刻我正临风伫立在南湖岸边那条红船身旁

我已记不清这是第几次来接受她给予的精神滋养

这是一个党诞生的摇篮啊

是我和我兄弟姐妹洗心的地方
面对她一道思想的光芒浮出水面
我感受到一股扑面而来的磅礴力量
顷刻注入我的血脉强大我的心脏

我深情的笔尖再一次探入这一湖红色记忆
探入一个民族的初心和一部党史的根部
我看到当年上海滩几个神秘的游人
在黑洞洞的枪口下目光扶着很紧的风声
来到嘉兴南湖风雨飘摇中的那条船上
他们的手紧紧相握着灵魂与灵魂也握在了一起
握出了一个民族和家国的底气
从此镰刀与铁锤走到了一起思想与思想深深相依
从此一个民族有了自己清晰的航迹
后来走出这条游船的十几个人变成了一群人
后来这样一群人在没有路的地方走出了一条人间奇迹

一个在战场上出生入死从不摸枪的伟人
用手中的笔杆子写尽了枪杆子里装着的全部心思
字里行间起承转合中完成迂回包抄

将行军路线在一首诗词里分行排列

让流血伤残以及沼泽地中挣扎的手指

像石缝里拼命往外生长的嫩枝没有一丝伤感


一个战士在窑洞把自己的青春烧成一块好砖

一个伟人从一块烧砖的煤炭里提炼出一句经典

让轻的如鸿毛让重的如泰山

压住俗世的轻浮垫高百姓的心愿

惜墨如金的伟人最后用一阕绝世辞章向旧世界告别

"俱往矣""换了人间"


风吹麦浪啊　遍地舞动金黄

**梦中母亲在星光下蘸着月色磨镰**

**父亲从雁叫声里收割了满心欢喜**

**没有一穗麦子没有故乡**

**没有一滴水来历不明**

**每一条道路都有自己的起点**

**每一条航迹都有自己的根系**


九十六年后十月的一天阳光洒满山水江南

陈浩

"一个大党诞生于一条小船"

一位新时代的领路人带着他的战友们

从北京赶赴上海又匆匆来到南湖岸边

伫立在地球东方一个平静的湖畔

深情瞩望着湖水中那条小小红船

"一个大党诞生于一条小船"

这是他十年之前

曾经站在红船边上发出的肺腑感言

今天他站在这里再次向红船庄严承诺不忘初心

永远追随一支穿草鞋的队伍踩踏出来的道路毅然前行


从石库门到天安门闯过了千重关隘走过万重雪山

那一条路呵越走越红越走越宽

从南湖到南海从一条小小红船到海上阅兵

波涛汹涌中的那一艘巨轮旗舰大海里航行

舵手从容擘划出新时代的清晰航迹

那双大手曾为弘扬红船精神新建的纪念场馆奠基

今天正在为一个国家这艘大船缓缓起锚沉稳解缆

# 从春天到春天

## ——致敬美丽中国

序　诗

请让我深情铺展开大地这张稿纸

我要用山清水秀的方块字写下美丽中国

一

从春天到春天

七十年光阴不及盈握轻轻走过

走过夏走过秋走过冬手挽着手

五十六个民族并肩走过四季如歌

山一程水一程春天的故事

在春天的中国热情传播

看啊　从春天到春天海晏河清

每条河流都有一个温暖的名字

听啊　从春天到春天山花烂漫

枝头挂满幸福的笑脸与欢乐

**在这个可以看得见诗歌的季节里**

**我按捺不住满腔激情以灵魂作笔**

**调试饱蘸着心头热血**

**左一撇山清　右一捺水秀**

**将憋了一肚子的爱和美**

**用大胆泼墨的手法尽情挥洒**

**全部奉献给心上的你——中国**


## 二


从春天到春天

中国的美丽是土地

舒展了愁容眉头不再紧锁

其实我知道我是一个脸上粘有泥土的人

我是从皖北平原上走出来的孩子

我的记忆一直走在泥泞的童年深一脚浅一脚

我知道我写下春天并不是每一个春天都接近完美

我写下花朵并不是每一朵鲜花

任何时候都能够随心所欲绽放

即使一朵花在春天里盛开

对春天的心事并不是都能够真正懂得

**但我已经把泥土作为徽章标识在脸上**

**我相信美丽的事物离泥土最近**

从春天到春天一个鲜花盛开的村庄

一直在我心窝里住着

三

多少年前撂荒的土地上

萋萋荒草织满束缚思想的缰索

直到一张父辈脸庞一样皱皱巴巴的纸

也像一块撂荒的土地窸窸窣窣

在十八个农民面前把自己摊开

那命一样薄薄的一张纸啊

在一盏油灯下记录了历史的承诺

他们写下誓言他们摁下指印

如同押上了十八条性命

这是那一年发生在安徽凤阳小岗村
一个惊天动地的大事件
中国农民在这里艰难爬过一道历史的大坡
当初他们不知道以后日子会变成什么样
他们都知道活下去日子绝不能再这样
这些坚定的身影决绝的目光就像是一个工匠
执着地从一块石头中掏出一尊醒世雕塑
　　　土地里压制梦想无法长出自由的庄稼
　　　天空中闭着眼睛视野超越不了井底之蛙
其实我更想说当年那十八位农民的手指
在一张土地般朴实的纸上摁下生死契约
天　已被他们捅出了十八个窟窿
地　已被他们捅开了十八个口子
那十八个指印如同十八粒饱满的种子
撒在了希望的田野上开出
十八枚指纹印一样的花朵
一直怒放在历史的册页上昭示我们
要在自己的土地上种下自己的稻菽

让每一棵谷禾如同我分行排列的诗句

都在抽穗扬花灌浆颗粒饱满

努力把自己的头一再放低

让一首诗内心充实五谷丰登安康祥和

大地芬芳啊喜看农民兄弟

在第一个属于自己的节日里

把千重稻浪与十里蛙声一同收割

## 四

从春天到春天

中国的美丽是校园钟声

敲开了校门敲醒了沉睡的书本闲置的课桌

从春天到春天每一棵小草

都找到了自己向上生长的位置

他们搂住了一个挂着朝露充满希望的早晨

搂住了一棵小草努力生长的梦想

搂住了大地内心发出的绿色呼吸

啊　一棵小草也有自己的愿望心灵深处的歌

那是早早醒来的初春那是兴奋不眠的星夜

拖着满腿脚泥水走上田埂捧起了干净的书本

他们把积压在灵魂最底层的萌生物捧在了手上

他们把自己的未来捧在阳光下再一次考问

他们是农家的孩子是城市待业的青年

是已经为人父母的中年是怀揣梦想

对自己对脚下的土地都有要求的一代

他们不再相信又坚信岁月不能够再度蹉跎

他们大踏步豪迈地走进了机遇打开的大门

把一切想法都写在时代的答卷上

一朵白云看到了你捧着录取通知书

手如同风中的草叶一样抖个不停

泪水在脸上流个不停我知道那一刻

他们的心也颤抖不止

血液也加快了流动

从此他们坚信着一切心中曾经的不相信

相信春天每一棵小草都会找到自己的出路

五

从春天到春天

中国的美丽是一棵树

**再大的风也摇不动对脚下故土那份深情坚守**

**一棵树知道心中的乡愁有多深**

从根系到枝叶虽然有一段干净的路途

无论是开花的季节还是枝头已经结出累累硕果

**它们同泥土都有一条扯不断的血脉**

**一棵树同我一样脸上也是粘着泥土的植物**

无论是生长在山顶还是扎根在山脚

请相信每一棵树都是我们的父老乡亲

霜天万里一颗心滴下一滴思乡泪

如同一棵树落下一片树叶

又像一滴雨离大地那么遥远

一有机会便迫不及待落下来

亲吻拥抱拍打着直往土地怀里钻

那深情那份内心的喜欢那份爱恋

掉落在地上都不会摔成两半

大地葱茏山河故人

谁也无法从它们心中搬走

那一颗千年不朽的芳心

春风吹动了青山

那是每一棵树都有了魂魄

每一根草木都有了一个绿色的梦

# 六

从春天到春天

中国的美丽是一条河

拐过了那么多道弯从没有改变流往家的方向

一条河流一直走在回家的路上

只有一条河与我的命脉紧紧相连

无论走到哪里血管一样

流淌在全身每一个角落

河滩上也曾留下我徘徊的脚印迷茫的目光

站在岸边看河面上一道拖船

将一个少年好奇的心事带向远方

我在河岸边捡拾流不走的记忆

我在记忆深处摸着一块块石头过河

我沿着石头暗示的道路向前走

感谢这些充满了哲学韵味的石头

这些水一样坚硬的石头

在石头一样坚硬的水中

内心掏出朵朵浪花和笑脸

掏出比飞鸟飞得更高的飞船

掏出比鱼儿游得更深的蛟龙

这些在水中比鱼跑得快的石头

还能够掏出比绿皮火车跑得更快的"和谐号""复兴号"

装载着一列列中国梦从东西南北疾速出发

"可上九天揽月，可下五洋捉鳖"

一首熟读了上下五千年的词

一去经年早已经埋下了伏笔

如同一个人曾经指挥的一场战役

用大量留白预言了身后的万里山河

## 七

从春天到春天

中国的美丽是那一次次滚滚春潮

潮涨潮落每一波律动

都是一场惊心动魄的革命

从一盏煤油灯酝酿着一份土地契约

从一只拨浪鼓摇醒一个沉睡的大市场
再到一位老人在南海边用手势比画出
一双更加自由的翅膀
让一群振翅欲飞的思想
有了一方挺身而出的天空

当又一位新时代的领航者
手中把握着那一条红色小船的初心
引领东方这一艘国家大船
再次调动改革的千军万马
挥动如椽大笔在香山脚下
立定赶考的雄心。于是

一块块锈迹斑斑的铁被重新锻打
一条迷雾笼罩着的路拨云见日
乾坤朗朗啊　一根根硬骨头
变成了一条条生动花枝举着一句句温暖的话语
呼唤着离家的游子重新回到那个叫祖国的地方

# 八

从春天到春天
弹指一挥间
是时序更替是时间在赛跑

从春天到春天美丽的中国
有傲雪红梅有冰河解冻有小草醒来的惊喜
有我越写越精神的国家
有我越写越敬畏的诗篇
这是祖国的春天啊
我将一句句赞美写进命里
告诉世界中国早已经找到那把丢失的钥匙
告诉世界中国已经从高高的脚手架上走下来
中国已经在云端同世界往来
世界看到了一个构建人类命运共同体的中国方案
看到了从美丽中国到美丽世界

# 中国在赶路

"走得再远，都不能忘记来时的路。"

——题记

## 序　诗

祖国，我心上的国家

我要用文字的车轮，把对你的爱

一行一行搬运出来

## 一

我调动起一个诗人的想象力

想着你的好，也想着你的难

想着你大风中

把头埋下像一头牛

用头颅顶着风雨

爬坡过坎

行走在大漠
行走在草地雪山

从今天的角度看过去
行走在无人区里的一支队伍
那每一个驱动的身影
多像一个个跳荡的音符
在用自己的命为一首大合唱
努力发出自己的声音
多像一个个深情的汉字
向脚下的土地表达自己
发自内心由衷的情感

噢，不——请再仔细看看
那分明就是一首诗在走啊
一首前无古人的诗在走着
一直走了二万五千里
才走出一首诗的题目
叫作——长征

那是一个国家

沿着一首诗的韵脚在走着

在这样一场气势磅礴的行走中

没有一个文字能够迈着悠闲的脚步

在兵荒马乱中安营扎寨

更没有一道布满血丝的目光

能在残阳中落荒而逃

只有一个埋伏在心中的名字

一块意志的铁

在走，在走

走啊走啊，多少年来

真的不知道

是一条道路走成了一首诗

还是一首诗被走成了一条道路

行走在这条路上的人

都怀着朝圣一般的心情

目光坚毅，脚步铿锵

直到今天依然没有停下

一直在走着

哪怕有的掉进无声的雪谷

陷进不能自拔的沼泽
也坚信自己披了一身好山水

那是一个国家在走
——中国在赶路

## 二

这就是一支队伍出发时的样子
他们走在种满愤恨的土地上
那时他们心上的国家没有春天
而他们每一个人的心中
都揣着一个火红火红的信念
他们愿意燃烧自己为国家取暖
他们要给子孙留下一个没有恨的人间

从今天这个角度来说
他们的确生而有憾
但他们死而无憾；
他们的确生而有痛

但我们死得其所!

这就是一支队伍最初的模样

他们跑丢了自己的影子

却收拾好了兵荒马乱的旧河山


那是一个国家在走

——中国在赶路

<br>

## 三

现在，我们把一首诗摊开来

如果再仔细阅读一遍

就会清晰地看到一些字句上

还粘着当年的草叶、污泥、汗渍

叹息、呻吟和早已暗淡的血迹

这首诗很长很长

这样一首长长的史诗啊

她不是哪一位诗人用笔写出来的

而是一群穿着草鞋的队伍用脚踩出来的

是的，她是迄今为止

世界上最独特的一首长诗

二万五千里的长句，一气呵成

至今我仍然喜爱这首诗的意境

让你在阅读中不仅仅

发出一声声赞叹

而且会让你从内心深处

惊惶，震撼又肃然起敬

那是一群人为另一群人

用命铺设出的一条有韵脚的长路

只要你走上去骨骼的裂痕里

会有一只展翅的鹰扑棱棱飞出来

如灵魂策马，追赶月落日升


那是一个国家在走

——中国在赶路


## 四


后来，在这条道路上

行走到最关键时刻，人们听到

一个声音提醒着身后追随者的脚步：

**"走得再远，都不能忘记来时的路**

**不能忘记为什么出发。"**

噢，那声音不仅仅是提醒

那是告诫，更是新长征途中

一声伟大号令


是啊，一束幸存的光阴可以作证

一块活着的石头可以作证

无论那些走到今天还是

没有走到今天的人们

**在这样一场伟大的集体创作中**

**一些人把自己化作一块块石头的灵魂**

**作为路标或田野里的种子**

**或者把自己融进了一首诗**

不可或缺的一个字

一个词一个顿号逗号抑或

感叹号破折号省略号

把自己化作了心中红色江山的一部分

像一面鲜红的旗帜
无论是在晴空下还是风雨中
你从任何一个角度看上去
那都是无数颗心织就的锦绣
一支队伍就是追随着心中
那一道红——在走！

那是一个国家在走
——中国在赶路

五

而这条路就是
从上海滩石库门里走出来的
就是从江南烟雨中
那条红船的内心走出来的
在这样一条长长的路途上
我们一直在走
从茫茫雪山草地走出来
从苦难困顿中走出来

窗口
——
陈灿诗选

从陆地走进海洋

把波光粼粼的海平面

走成一块迷人的丝绸

把大海航行中一个人内心翻腾的巨浪

构划成为人类命运共享的思想

海上丝绸之路呵

从郑和下西洋就已经播撒下

东方文明的种子

从马可·波罗自西方来到东方

就带走文明互鉴的曙光

我们从来不把自己的爱强加在别人头上

我们也不会把别人的爱无端挽留

即使走进一片陌生的土地

我们只是为了彼此多一份了解

学会一门异域的语言真的就是为了

把心里话真诚顺畅向你表达


大海知道我们每一次奔赴远海

都是想把东方文明的笑容

紧握着你的手望着你的眼睛再笑一次

大海知道我们带走的也只是对你深深思念

**一条路就是这样**

**像一条红丝带飘落在人间**

**飘落在一群担当者的肩头**

无论是那条走了千年的古丝绸之路

还是今天启航的海上丝绸之路

抑或是沿着二万五千里长路继续往前走

每一条都是落在肩上的责任与使命

如同纤夫肩头那道深深忍耐

在没有路的地方走出了奇迹


那是一个国家在走

——中国在赶路


# 六


世界终于看到了

一条波光粼粼的海上丝绸之路

看到了一个

构建人类命运共同体的中国方案

一位新时代的领航者

将一条红色小船的初心

紧紧把握在手里

驾驭中国这条大船

劈波斩浪锐意前行


你看，全球瞩目的杭州峰会

让世界坐在了同一条船上

**这条船，从南湖到西湖**

**沿着一条古老运河**

**走过了将近一个世纪**

**两条船，一条轨迹**

**两个湖，已是二重天地**

当年南湖里的那条红船

在桨橹声里把身处灾难中的中国人民

划进安全水域

西湖里的这条船那一天

乘坐着来自世界的领导者

这艘船由中国舵手引航

他们一边领略中国风采

一边探讨着一份由中国人民提供给世界

探索人类命运共同体的中国方案

**这是让全世界惊叹的一条船**

**这是最具有中国特色的一条船啊**

**行进在风平浪静的西子湖里的这条船**

**让多少华夏儿女心潮起伏久久难以平静**

**难以平静的是江潮激湍是海潮汹涌**

**是一次又一次的春潮澎湃**

**这一次次春潮涌动啊**

**都让一条道路更加清晰**

都让大地提振一次精神

都把一个国家的位置提升一个新高度

这国家的高度就是人民心中的高度

**一个国家在人民心中的高度**

**就是一个国家在世界心目中的高度！**

（虽然有时她只具体到一个村庄

成为童年记忆中那一间低矮茅屋的高度

但那一幢低矮的茅舍啊

多像一枚情感的纽扣

把我同一个国家紧紧维系在一起

永远无法解开——）


那是一个国家在走
——中国在赶路

# 七

群山沸腾的土地上每一寸都有血
鲜花盛开的村庄里每一朵都有心
黎明前提灯的追梦人
每一位怀里都揣着一支歌上路
从石库门走到天安门
每个人都有一颗不变的初心，如同
每一条河流都有着源源不断的热爱
因为，还有那么多路等着我们去走
中国的路上繁花似锦
中国的路上道阻且长


那是一个国家在走
——中国在赶路

# 涨满热血的河流

## 一

此刻　我坐在江南的一缕晨曦中
望着南湖倒映出一片褪去夜色的天空
就在这一片思绪万千的湖水里
记忆深处的那盏灯被点燃
渐渐映红了湖面
我的坐姿披挂上一湖红色意境

## 二

水也有根
一条河流发源于一泓湖水
一个湖从一滴水的根系发芽生长出来

我承认　这是几十年后

一个诗人在诗里的想象

而那时候　那条船　那盏灯

在风雨中摇晃　隐在船舱的十几个背影

肩头上落满夜色和霜雪

但是　当那条船缓缓靠岸　我看见

天将破晓　走出船舱的人

他们的脸　被曙色映衬得格外洁净

格外的坚毅和清癯

后来人们知道　在中国

**从此　镰刀与铁锤走到了一起**

**钢铁与钢铁拥抱在了一起**

**天边那缕红霞　是他们漫卷的旗帜**

三

一支队伍就这样开始了漫长的跋涉

他们在血泊里走　在刀丛中走

在城市的水泥地上　踉跄

而行　头颅像大风吹落的椰子那样

嘭咚嘭咚地　敲响大地

当他们掩埋好同伴的尸体　擦干身上的血迹

被迫穿上草鞋　隐进茫茫山林

才发现　在刺刀与刺刀的夹缝中

父亲的高山是这样的巍峨

母亲的河流是这样的宽阔

在大地的纵深　他们风餐露宿　他们

弹铗而歌　就像鱼回到了水里

鸟回到了天空

流离失所的小溪　被大海拥抱

## 四

后来　他们踏上了那条漫漫征途

深一脚浅一脚地在雪山攀登

在草地蛇行　以皮带和草根充饥

在饥寒交迫的夜晚

点燃一堆堆篝火　细数天上的星星

到这时　他们蓦然发现

这就是他们的命运　他们的水土

虽然没有人知道哪儿才是最终的落脚点
但他们终于知道　苦难是他们的
大地上的山脉、江河
沙漠、草原……也是他们的
**而现在是他们的拓荒季节　播种季节**
**他们播撒血汗　甚至头颅**
**是为了明天收获这片土地的春华秋实**

## 五

走啊　一支队伍就这样走着
山越走越高
雪越下越大　越下越密集
云彩在脚下穿越并缠绕
这不是幻象　不是天空的倒影
而是黑夜铺向黎明的台阶
攀登　是他们唯一的选择
一位气势磅礴的伟人登到山顶
用他气势磅礴的诗句
告知他的队伍

——离天三尺三

## 六

过了雪山是草地　亘古不变的草地

一片死水　隐藏着深不可测的泥沼

不断有人消失　当同伴们发现身边少了什么

腐朽的锈迹斑斑的水面

咕嘟咕嘟地冒出几个水泡　然后

浮上来一顶军帽

那种惊愕和悲伤呵　让你哭不出来

更喊不出来　因为你已经

没有力气哭　也没有力气喊了

你只能默默承受　默默地把战友的名字

和他的音容笑貌　埋在心里

## 七

走啊　一支队伍就这样走着

在没有路的路上　向死而生

这一群用命去换命的人
任青春热血涨满河流
冲开一座又一座关隘奔腾向前
直到让红旗插遍万里河山

# 八

就是这样　一支队伍越走越红
而这红　是越走越接近太阳的红
越走越接近真理的红
越走越融进火焰和红霞的红
越走越裸露灵魂的红
即使倒下　他们的眼睛也是红的
在那里　有一轮红日正喷薄欲出

# 她们要燃烧自己给中国取暖

## ——献给英勇投江的八位抗联女英雄

一群在冬天行进的女战士

怀里揣着一个热烈的春天

她们每个人手握一支枪

如同我今天手里握着一支笔

一样充满诗人般的激情


此刻　我的笔是一把灵魂的刻刀

为逝去的岁月切开一个口子

我看到七十年前　河岸上

一堆篝火在熊熊燃烧

这是一个寒冷的夜晚

一团团火热的话语在

八个女战士心中默默传递

相互取着暖　而一堆篝火

多像一次日出呵

照亮人们的心

东北的天气异常寒冷

以致提起那段岁月

整个中国都处于冬季

太阳还没有出来

冬夜里的火成了一个告密者

围坐在篝火旁边的人

心中燃烧起一股熊熊怒火

**她们燃烧自己把中国的黑夜照亮**

**她们要燃烧自己给中国取暖**


正处恋爱季节的八个女人

不　她们有的还是孩子

应该在校园里手捧书本

她们热爱生命

那是身为女人的本能

可是在生死关头

她们用奔流在胸腔里的爱和恨

塑造了不朽的群像

她们多么渴望未来啊
乌斯浑河可以作证
她们拼掉了最后一颗子弹
她们毁掉枪支　每个人心中
却是毁不掉的意志的铁

她们相互搀扶
拖着伤痕累累的身体
向同样伤痕累累的家园
恋恋回眸又决然转过身去
义无反顾地走进波涛
她们走在一条
向死而生的绝路上
要把梦里的明天留给战友
把身为女人的权利
留给活着的姐妹

她们昂首走向乌斯浑河
风把她们的头发
吹成一片原野　一片山林

她们决绝的背影

直到今天还那么妩媚

如同七十年前那堆篝火

燎原了身后醒来的土地

请记住她们的名字——

冷云　胡秀芝　杨贵珍

郭桂琴　黄桂清　王惠民

李凤善　安顺福

八位女兵的名字如八朵鲜花

盛开在历史的枝头永不凋落

在又一个春天到来的时候

簇拥着我们一路前行

第一辑　长歌：起锚解缆

# 中国海

河水用自己固执的呻吟与海连接。

——巴勃罗·聂鲁达

我用大海写上你的名字
我用天空写下大海
写下一条河流对大海的情怀
中国海——每一条河流的脐带
把你牢牢拽着一刻不曾松开

此刻世界以静止的方式坐在一起
我的手轻轻抚摸过河流与山脉
山山水水在我手中转动起伏
一个又一个亲切的名字站了起来
我看到叫渤海黄海东海南海的兄弟
一个挨着一个把身子紧紧贴在
海南澳门香港广州杭州还有上海天津的身边

脸上幸福的浪花闪动着迷人的光彩

中国海啊世界炎黄子孙心里头装着

沧海桑田也改变不了对你的热爱


浪涛脱去了衣裳惊雷压在上面不停撞端

大海喧豗雷鸣电闪中伴着折断的涛声

我看到一颗颗星星被打碎在海面

我看到钓鱼岛黄岩岛南沙西沙群岛

还有曾母暗沙旁几个生来就调皮任性的玩伴

像溺水者挥动臂膀沉降起伏徘徊

命运浸泡在大海里暗礁掀不起自身

历史登上梯子与时间一同长高

眼睛唤醒未来

太阳支撑不了结局

真相谁也无法掩盖


一座岛屿就是一个季节啊

所有的季节加起来只有一个冬天

虽然生活在寒冷的漩涡中

因为爱一个也不愿上岸

不论是当年不慎迷路走丢的那一个
还是被强盗控制妄图把她们霸占的这一个
面对蛮横无赖的掳掠者
她们没有忘记自己是谁的孩子始终
手拉着手从未挪动半步固执地等待
**她们知道母亲从未松手也一定会来**
**睡梦中同母亲紧紧挨在一块**
**她们坚信只要活着任何人都不能够**
**把孩子与母亲彼此长久分开**


我感到海礁在我体内不停呐喊着
全身被苦涩的清醒反复叮咬撕扯拉拽
用眼睛痛饮辛酸
用灵魂接受大海


我知道河流与海洋一样重
大海中的礁石与天空中的云朵一样重
孩子手中放飞的风筝与神舟宇宙飞船一样重
钓鱼岛黄岩岛西沙南沙群岛与台湾岛
普陀山岛和黄山泰山一样重

栗东旭

"我用大海写上你的名字
写下一条河流对大海的热爱"

我知道这些长在大海中不肯上岸的石头让人眼热

为了她们觊觎者口水流得比海水多

那一双双馋眼一次又一次把她们淹埋


我更加知道海浪花与天上的星星一样坚硬

大海的声音与天空的声音一样坚硬

没有哪一滴海水被狂风打败

没有哪一块石头硬过海水

一滴海水永远比太阳更持久更能忍耐


**你看那每一块礁石上都刻着祖先开拓的印记**

**每一滴海水都有一个名字**

**每一波海浪都有自己的经历**

那是我们的亲戚朋友

每个中国人都有大海一样宽阔的胸襟

走到哪里目光中都闪烁着中国海一般坦荡的情怀


中国海是开放的海

中国海是通向世界的海

自古好客的民族张开大海般宽阔的胸怀

喜迎八方客来

但是对不怀好意的过客

坚决拒之门外


每一朵浪花都是一位士兵

曾经的侵略者掉进过

人民战争的汪洋大海


**我用大海写上你的名字**

**写下一条河流对大海的热爱**

滔滔海面是我所向往

向往每片海域都亲切地团结在一起

让宽广无垠的大海成为和平之海

成为友好交往的大舞台

我更加希望钓鱼岛同普陀山岛一样

同黄山泰山一样全世界的朋友

都可以自由往来……

# 祖国　我要出鞘

我是一把梦想出鞘的剑
我有一万个瞬间出鞘的理由
然而，近一个世纪
一直隐忍在袖子里

一把有道德的剑一忍再忍
如同一个民族用近一个世纪
努力要把那些应该记住的日子忘记
忘记仇恨甚至淡化胜利
一直期望伸出善良友好的手
轻轻拍一拍邻居的肩头
把邻里间的亲情重新拉在一起

南方多变的天气呀
总是不断传来雨水踢踏的脚步声

一年又一年一遍又一遍

从我的身上走过去

像怪兽用魔爪把夜幕拉开个让人失眠的口子

我同样地听到了醒来的巨人的脚步声

没有一刻停留迟疑

像工匠一锤一锤敲打一块青铜的初心

如同一个梦从大地深处醒来

如同一块骨头离开我多年

又从土地里刨出来


我来自泥土

我要立地为魂

我来自一块青铜

我要再一次铸魂入剑


这剑身，是在火焰的胎胞里抱出来

这剑刃，是在猛兽的牙床上拔出来

这剑柄，是在祖先的忠告中传下来

这剑鞘，是在隐忍的老根里挖出来

这剑魂，是在石头的内心里掏出来

但我一直不想轻易走出剑鞘

一把沉睡中的剑

入鞘决不是沉醉

果实已经长满枝头

太阳已经把国家照亮

我是剑梦想已经出鞘

**这剑从大地的疼痛中抽出来**

**这剑从长风的长啸中抽出来**

**从我的一根肋骨中抽出来**

**从我的一腔热血中抽出来**


抽出来一把

梦想出鞘的剑

如同一个等待出征的人

渴望明确方向——

剑指波涛，我是一柄深蓝之剑

剑指九天，我是一柄倚天之剑

剑指魔爪，我是一柄斩妖之剑

剑指界碑，我是一柄和平之剑

即使在剑鞘中等待

我也是一柄忠烈之剑

剑鞘里一个灵魂

醒

着


祖国　我要出鞘

# 江　山

## ——江山就是人民

那些坚硬的石头

在炉膛里强忍着痛

把自己抱紧　抱紧　又缓缓地松开

如同后来抱紧自己又在疼痛中

把自己松开的那一群人

直到将自己化为滚滚铁流

直到将自己变成绕指柔

变成吹气断发削铁如泥的剑刃

直到，直到狠狠对自己下手

用骨头铺垫脚下的路

用血肉浇铸江山的红色根基

是的，都说江山是铁打的　此刻

我只想说江山是用来打铁的

许多人都知道江南有一座山

因为铸剑而得名　有一条溪

曾经为了锻造出一把好剑而干涸

我们需要从重新认识大地开始

重新了解自己

我们需要从更深的土地中

挖掘出自己的过去

青铜自石头中走了出来

时间从地壳深处发出嘀嗒嘀嗒的申辩

它们以自己的方式向我们展示过往

细致入微地向我们讲述着前世与今生

让流水追赶着流水

让石头推动着石头

江山就这样在时间怀里修改了名字


是的，江就是时间卧流走向远方的证词

是的，山就是大地默默向上生长的历史


看啊，大江继续走向远方

看啊，大地继续向上生长

她们没有想要证明什么

是什么需要她们来证明

谁是那个黑夜中高高举起火把的人

谁是那个把人类的秘密

告诉你告诉他也告诉了我的忠告者

一个声音在说，一再地说活着就要用命去划燃

比一切生命更久远的那一道光


哦——我一再放下自己的悲伤

并不是我没有伤痛和泪水

我把它屏蔽起来

或者直接咽进肚子里化作勇气

怀揣一颗爱心只用来感恩和赞美


**听，谁在用泥土也能听懂的话在说**

**江山就是人民**

**听，谁在用石头可以长高的话在说**

**人民就是江山**


把江山揣在怀中的是帝王

把人民装在心里的是人民的领袖

寒窗苦旅，黄卷青灯下
念念不忘的就是这两个字
**天地间能说出的就这两个字**
**大地上最迷人的就这两个字**
**真草隶篆任何一种方式书写**
**都一样动人**。但是
真正理解这两个字不容易
能够把这两个字装在心里更难
有一群人把这两个字读懂了
他们将这两个字理解成
更简单的两个字
并且时刻装在心里


千年梦想，百年梦圆
江山就是人民
人民就是江山

# 窗　口

谁今天能够成为这一扇重要窗口的建设者是有福的
谁明天临窗而立成为这扇窗子里的风景是幸运的

——题记

## 序　诗

大地上的事物只能用大地一样仁厚的心胸盛放
江河的深情只有用江河一样深情的目光瞩望
此时我怀揣一腔热血浸泡过的汉字走上高坡
把自己从梦中退回现实让越走越急的风驻足
让一片远古的月光安静下来进入我的笔尖
我举目远眺清晰地看到并深情记下梦中所见
时间深处有一扇窗口举着风景正迎面向我走来

一

此刻，我站在东方之巅遥望着东方的东方

窗口
——陈灿诗选

我看到了一座未来之城在向我招手
那是太阳升起的地方，光芒之下
一条大河推开两岸逶迤的群峰
如同推开一扇以天地为框的窗口
窗外多少光阴从我眼前倔强地流去
从容不迫浩然向前如同大河东流
不，那不是大河奔流
那是一万匹群山在两岸奔腾

哦，群山激情涌流的方向就是
每一滴水都向往的地方
就是我的祖国和我无比钟爱的地方

是的，在这里，就是在这里
山，头发如此茂密
水，心胸如此澄澈
即使夜晚，挂在窗前的星星
也在闪烁打旋变密又散开
时光撕碎的石头摇醒梦里一窗风景
鲜花将道路与四季重新命名

我将自己忝列其中

把手伸入数字排列的语境之上

在时间更深处构筑一片崭新的场景

一片崭新的天地

让阳光从窗外照进来那把

梦想的钥匙被一再照见明亮如诗——

请允许我这样对你说

**我的诗是一行行开往春天的高速列车**

**这扇窗就是展示中国盛景的重要窗口**


二


时间站在风口之上。谁在指点那一扇窗口

谁把大地轻轻放在时间之上安排这删繁就简的语境

啊——窗口——窗口，历史的窗口

那是接通昨天与明天的一条绿色通道

那是望得见长亭短亭熟知史书肥瘦的窗口

那是白堤苏堤深情捧着的一面镜子啊

请让我当窗对镜打扮唐诗宋词修剪月光

脚下孤山之上那一枝幽幽暗香

窗口
——
陈灿诗选

哦，我要把这一缕香写进这扇窗子

我要打开心窗让这一缕香跋山涉水

像大运河那样穿过时间的窗口缓缓融入我血脉

像钱塘江那样汹涌澎湃流过我胸腔

如同黄河一样雄浑激越鼓舞着我

如一匹白头的雪峰进入我的体内融化为水

在我的心窝千回百转旋流激荡

又将我的身体打开冲出我的胸腔

像时光冲出窗外

从我的襟怀倾情而下撞响山川大地

如新征途上那声声擂鼓击打着我的肺腑伴随长歌

在乾坤一笑间伸手从窗外接一碗夜色狂饮

撕一块天空落入苍茫的胃肠

让每一缕风都携着时代的精气吹向那一扇扇期待的窗口


## 三

拥有一扇自己的窗口多么幸福

我的童年没有一次用双手推开玻璃窗子的体验

或者说我的童年记忆里老屋没有一扇真正意义的窗

一堵泥草堆垒的老墙中间预留个口子再固定几根木档
就是这栋房屋的窗子。那扇窗一年三个季节都自然开着
只有冬天来临为了抵挡寒冷才蒙上一块塑料布或者
干脆用自制的土坯砖把整个窗子再封起来……
至今，每天清晨我都把推开窗子看作是一件
神圣的事情，先是屏住呼吸，再双手猛地一推
把多少沉积苦闷的往事用力推出去——

我是带着皖北涂山脚下熟悉的乡音
哼唱出的爱情诗的开篇启程
带着梦想的钥匙走出家乡走向远方
去寻找童年那扇梦中之窗
我将住在河姆渡人居住的房子里
怀揣一支笔只愿终身饲养文字
让煤山金钉子良渚玉琮茅山越王剑
还有阵阵梵音伴着南风吹醒的那一枝
隋朝梅花与那年那夜
那一窗月光斜斜吹进来伴我进入梦乡

我看到一把考古工具

窗口
——
陈灿诗选

轻轻探入地心仿佛灵魂探问灵魂

拭着用对祖先的敬重打开大地之窗

将那一片沉埋千年光阴重新解救出来

于是我们见识一片碎瓦残砖里记录着人间悲欢

一尊石佛面前我们屏住呼吸仍然能够听到

历史的心动泥土的心跳和遥远时光里瞬间的心疼

每一捧靠近瓷器的泥沙都有一段时间沉积之伤

我们从深厚的泥土中寻找挖掘出

岁月流光命运沉浮世事情缘不是为了

黏合春秋残片那一道道裂缝

而是为接续并加固永恒的思想


是的，一件玉器就是一扇远去岁月留下来的窗口

就足够一方土地站在文明之巅

展示遥远的美好像回望遥远时光中

稻花香里谛听凝固的蛙声从夜晚的窗子飘进来

在风中摇曳起伏；放眼窗外

那每一束丰满的谷穗都会让你

如同又看到邻家妹子摆动及腰长发

哼着采茶舞曲在春天的山坡甩动悠长如歌的岁月

我看到了窗前的西子湖鉴湖湘湖还有南湖静卧眼前

那是土地向天空眨着的灵动秀眸

那是一扇汇聚了天地人和大开大悟之窗影

# 四

那些声音深夜在窗外不停拍打着我的睡眠

我即使起身打开窗子也不能把这些声音赶走

如同大地无法赶走遮蔽良田的荒草

哦，我们还要再用多少力气才能将

那些指手画脚的植物刈除干净

是的，不能再让那么多无病呻吟的荒草

把大地肥沃的良田与庄稼遮蔽

如同不能再让那些灰尘遮住明亮的窗口


请原谅，我是说不能把窗口仅仅

理解为一方透风的墙或抵挡风雨的谎言

即便堵住那一阵风也要露出自己的那一道光

也要保持窗口的形象

你看，天空自有天空的词根

大地自有大地的命脉和象形文字。鹰就是天空

最得意的诗句也是一道天空之窗的风景；江河就是

大地生生不息的血脉就是构成大地之窗

那一道纵横交错有致的脉络与筋骨

而我就是那一条倒流河检验窗口走向的大峡谷

我就是那挂逆水而鼓的船帆走在玻璃斑纹上的自信

让窗口成为一块巉岩拒绝狂暴的潮流拒绝一切脆弱与腐朽

即使流血也要将那一张椅子挪动到窗口之下

举着花朵向窗外展示春天发自内心的喜欢


从今天开始动手把现在雕刻于窗口之上

把窗口建造在通往未来出发的地方

无数未来潜藏于现在准备未来就是建造现在

如同蚂蚁搬家用脱光牙齿的牙床把难啃的硬骨头咬断

**把荒岛变为魂牵梦绕的家园**

**把村庄泥泞小道向远方推平**

**在时光坍塌的地方把自己砌进去**


啊，我们是多么幸运地成了宠儿

成为这一扇新时代重要窗口的建设者

第一辑　长歌：起锚解缆

# 五

请允许我弯下腰身双手再次探入岁月深处
是的，塑造明天必须找到并看清昨天的样子
我要用铲子一铲一铲探寻并深深弯下腰来
**捧起泥土如同捧起一束含苞欲放的形容词**
**让每一扇窗口开满鲜花展示人间日子静美**
我们清醒地知道不能让欲望把满足赶跑
不能让亮丽的窗口成为空镜头遗失
那一道有灵魂的红一道
从窗口探出身子的笑脸

你看，谁在深夜直起劳作一天的腰身
抬头望向窗外
夜晚的天空有一部大书在翻动
字词在史册上通过一条密径向人间
源源不断输送智慧密码
那是一颗心一页一页翻阅旧河山
发出清脆的响声
回答思想上的渴望

哦，那是一腔酣畅淋漓的热血鼓动着
节节担当的骨骼在叮当作响
窗里窗外跳跃着铿铿锵锵提神醒脑的金句
如一阕豪放的辞章从朗读者口中走出来
每一步都是在调整河流与群山的走向

## 六

这是春天的行走，走在春天的窗口之上
一个熟悉的身影行走在大地恐慌的神经上
把亲切的笑容洒满刚受过惊的山山水水
**让熟悉的土地听到一双熟悉的脚步**
**这稳健的脚步声将无限踏实传递到神州每一个角落**
**而在那样一个不同寻常的春天那声音**
**如同向世界打开一扇天窗**
**一个声音对惊魂未定的世界**
**带来怎样的鼓舞和安慰**

只有飞鸟知道只有杭州西溪初春的芦芒知道
只有东海大港海风锻造的码头知道

那一刻，谁面朝大海神情自若
用人们热爱的笑容望着昨天
多么熟悉的风多么熟悉的天
多么熟悉的阳光挥动着人们熟悉的手势
指着一个令人神往的方向
那里一扇窗口正把帘帷徐徐拉开
如冰封的河流将自己封闭一个冬天的
纽扣解开向世界大胆敞开了胸怀

**这是东方的东方**
**这是江南的江南**
**这是我爱中的最爱。我把**
**心中最爱的地方写进身体里**
**永远成为我生命的重要部分如同**
**时代赋予我们共同承担**
**打造重要窗口的那一份神圣使命**

## 七

打开时间风从湖上来

湖上那条小红船

热烈的话语从当年

那一扇雕花木格窗口挤出来

至今还在南湖飘荡


那年一条红画舫在等待一群人的脚步

那些随意的步子踩在疼痛的土地上

他们匆匆赶赴南湖岸边。就这样

一条船将睡意沉沉的湖水推动

春天被一群人唤起从此上路


历史的窗口中有那么多属于未来的东西

大河宽阔两岸堤柳和春天的心事

都已从那扇窗口中流露了出来

我目睹这水族把内心一言难尽的欢喜

深深浸透到两岸润泽大地人心

# 八

那刮不尽的风呀带来多少窗口中的秘密

谁能说出一条朴素的河水养育梦里多少愿望

噢，我听到了你在说

风从运河来每一缕都带着北京的好消息

风从江上来钱塘大潮涌动激扬文字多么深情豪迈

风从海上来东海渔歌中每一句

都是深海中打捞出来的惊喜惊叹和起起伏伏的昨天与明天


从一扇窗口中看到了那里

有一条路用诗句铺设从盛唐一路吟诵

那些埋藏已久的意境

又在起承转合中折返回到眼前

在乡愁的怀里醒来并向四周延伸而去

紧紧贴着花团锦簇一望无垠的梦境

在这源源不断的热爱里走向民间

穿越千年走出一条"新时代的清风廉路图"

铺就一条新时代新诗之路并用

从容淡定的笔墨描绘着现代富春山居图

那里就是一个大花园四季都有爱意芬芳

# 九

那么多鲜活的数字组成了一扇现代之窗

在看得到的地方更可以听见——

说出一个都不能少的人是心怀天下的人

说出一个都不能少的人是心怀大爱的人，这里

一条河一棵树一根草一粒种子都是一扇有福之窗

每一村每一户每一人都是被深深记挂着的那扇窗

装得住天下心里也装着远山流岚袅袅炊烟一豆渔火羊肠小道

眼睛朝下看脚步往下走每一步

都走在通往百姓梦想的大道上

劳作的手让石头改变了意义

青山还是那座青山

绿水还是那条绿水

绿水与青山映照出黄金一样的波光

歌声与微笑都在窗口中重新定义焕然一新


我们把自己的心装在手机上

打开手机打开一扇天地对话的窗口

腾出时间与太阳和月亮说说心里话

我听见石头在说一切都好

我听到来自宇宙的声音在说

如果谁的心迟到了就迈开行动的脚步

把封闭的思想之窗一同打开

**让创新的翅膀从紧闭的窗户里飞出来**

**让数字从传统的计数中走出精彩排列**

**让日子在数字变革中诗意缭绕焕发出新样子**

**让早晨每个走出家门的人都能抵达最明媚的时刻**

**夜晚每个走进家门的人都能在数字场景中安然入梦**

+

多少繁重冗杂的事务全部集中在一个窗口

"一窗办""一码办""一键督""最多跑一次"

承诺历史与现实的距离

连接着脚步走在百姓心坎上的人

我看到了那么多目光从这里望出去

那么多固执的顽石回归了秩序

那么多提心吊胆的果枝在幸福摇曳

还有那一条条溪流悠闲散步
那溪水中的鱼儿也在遣词造句
将一朵又一朵浪花吐出水面
告诉四面八方赶来的人
这里是山的故乡这里是水的家

告诉那些迟疑的目光犹豫的脚步
每一双翅膀都有飞翔的渴望
每一滴水都有澎湃的力量
**每一块石头都安放在适当位置上**
**才会建成令人肃然起敬的那扇窗**
那是每个音符都准确地发出自己的声音
即使每件道具也都自觉自愿又自豪地扮演自己的角色
因为我们走在一条共同的路上
去创造共同的未来书写共同富裕示范区的梦想

此刻，我在地球的东方
我回头拉住你的手一道把这扇窗口建造
实现共同的梦想需要手挽着手共同努力
一个也不能掉队

必须一起把这扇窗口打开——打开——

让春风吹进来

让花香飘进来

我们把歌声还给山梁

我们把明天交给创意

我们把热血洒在大地上

长出锦绣山河


## 十一


当我转过身来把目光投向寂寞的旷野

我看到一列火车在天边飞驰向雪山腹部游动

一路上每一扇明亮的窗口中

都有一双惊奇的目光跑出窗外

我看到了边地倔强的胡杨芨芨草骆驼刺红柳还有

沿着沙漠义无反顾通往白云深处雪峰之巅的天路

此时,我的诗句又成了一根又一根枕木

这些老实的木头

好像是从我童年居住过的老屋那扇窗子上拆下来

即使他们生命的轨迹发生了变化但是使命依然如初

请允许我一再对枕木的忍耐充满敬意

我们从窗口示范着风向

就是为吹醒无数假寐的石头

我看到一头猛狮睡在雄浑的河床里

我从东部向中部西部伸出去的援手

已经触摸到它们黄河般砰砰砰砰起伏的心跳


其实，谁都行走在寻找窗口的路上

如同我行走在血管里的诗行

我每天带着她们行走在人间

她们也一刻没有停止期待

走出我体内走向那一扇窗

而我必须是书桌上的灯盏

把庞大的夜推到窗外

把带着体温的血色诗句

一行一行从心中掏出来


## 十二


如果这些诗句你读了一行还想继续读下去

那一定就是走进了浙江美丽大花园了
如果我用文字能够写出一窗风景
那肯定就是一首题目叫作《窗口》的诗了
多少次我想把一面镜子写成你的样子

而你说镜与窗还有那么多需要沟通的距离
于是你望着我望着天空不动声色把我
重新定位成夜晚摆渡人黎明唤醒者
天空命名者诗者清晨用力咳嗽
将黑夜压迫在胸口的黑吐出来
用书桌上的灯盏把夜色推开又用
激情的诗章将黎明从窗外请了进来

哦，这是一扇充满无限可能的窗口
这扇窗就是得天地精华的窗口
就是一扇时间的窗口新时代的窗口
请不要再一味荒草般席地而坐长叹人生
**有那么多遗憾无法从头再来**
**就珍惜当下就从现在**
**振奋精神把袖子撸起来**

只有这样你才发现不是遗憾无从下手

而是有那么多事等着我们躬下身子

人生还有那么多可以实现的精彩

我知道自己不再年轻

可内心深处最想唱的还是那首青春之歌！

## 十三

窗口　窗口——重要窗口

一生中要打开多少扇窗

站在今天的位置上

我们发现并挖掘大地深处的窗口

我们设计建造今天的窗口

我们要把历史的窗今天的窗明天的窗白天的窗

夜晚的窗梦中的窗醒着的窗睡着的窗

一扇又一扇地打开统统打开

而我们也更加需要把自己打开

我们不应该将一颗强大的心脏

像一只风干的风铃毫无生气地悬于心壁

必须让它蓬勃强劲地跳动起来

因为每个人都是一扇窗

都是一种展示

都是重要窗口的一道风景

你是窗口的建设者更是动人的那一部分


我们从这里观察世界

世界也是从这里了解我们


你看，一扇装着黎明的窗口已经把大地照亮

一位伟人从这里把目光投向窗外

慈祥地凝望着世界

传递人类命运共同体的伟大构想

"有盐同咸，无盐同淡"是誓言也是大气分享


星河滚烫人心沸腾

神州神话一个又一个变成现实

沿着天地运输走廊

天舟二号货运飞船已经发货

人间奋楫天舟向天河

宇宙之窗已经打开迎接地球东方来客

窗口
——陈灿诗选

从此天地间的距离越走越近

这是东方的东方这是太阳升起的地方
这里是我爱中的最爱是中国梦梦想的模样

## 尾　声

有一条未知的密径已经走到窗口
那是一条用数字踩出来的路
每一个数字都是一个坚实的脚印
每一个脚印都是一扇生动的窗口
遍地开花的脚印期待着奔跑
一扇扇蓄势待发的窗口就要跑起来
是的，当脚步找到了一条道路
鞋子没有任何理由能够停下
幸福的人曾经从这里走了出去
幸福的人又从四面八方回到了故乡
那是因为一扇夜晚的窗口灯亮了起来
那是因为一扇黎明的窗口已经向新的一天打开

站在阳光下我感到许多炙热的东西向窗口涌来

我深深感受到阳光胜过任何虚无的臆想

我一再被阳光照耀着温暖着

我的身上生长出光芒

我要把这一扇窗口也写出光来

写出一束束数字举着的火焰

将一扇窗口的遥望送到远方的光

我要掏出一腔铁血淬火的汉字深情抒怀

以歌以诗以豪迈以子弹穿透过依然挺拔的忠骨

写出硬朗我一生的坚韧脊梁

支撑起天空之下大地之上那一扇纯粹的窗口

当又一个春天来临，百花盛放

我将站在东方的东方再一次说出——


我的诗是一行行开往未来的高速列车

这扇窗啊就是展示中国盛景的重要窗口

# 第二辑
## 喊碑：锻山铸魂

我要把你的名字喊醒

我要把你倒下的名字

喊起来

站在墓碑上

# 出征酒

把酒瓶盖咬掉，咬掉
口，接住长江接住黄河
举起出征的酒碗
我们豪饮男儿的烈性

醉吧，不醉不是英雄
醉了，灵魂才会更加清醒
把男子汉的性格赤裸裸地暴露
抖开情绪，抖松肌体
随时准备迎接
血与火的厮打拼杀

不必说这里过于随和
也不应该埋怨这里纪律不够严明
在生命随时都会消失的战场

坚定必胜信念，把旗帜牢牢插在心头

笑着去迎接死神

那才算得上真正有血性的

——中国士兵


军人也是人

血液里鼓胀着民族的雄性

军人也有爱

采朵战地野花便会想起姑娘的眼睛

当军姿化为一张悲哀的遗像

也会让人想到，那遗像上的人和你我一样

此时正值拍摄婚纱照的年龄

世界似乎一头重一头轻

军人从来不斤斤计较

更无需谁来同情和怜悯

**当青春醉倒在血潮汹涌的焦土之上**

**只需几滴雨的浇灌**

**便会生长出茫茫苍苍的森林**

构思一柄倚天之剑

蠡

立

军

史

图腾成太阳的辉煌的神韵

## 提起祖国

提起祖国

我那山河般起伏的胸膛

就熊熊燃烧着三团火焰

——没人看见我小小的心脏里

装着党旗国旗和军旗

祖国，祖国就是身旁那绵延的边境线

就是我中弹倒下时

死死搂在怀中不愿松开的

半块活着的界碑

# 轻轻喊你

三十多年没有相见

今天终于站在你面前

一忍再忍

我什么也没有说

只对着一堆泥土屈下双膝

只对着一块石头

轻轻喊了一声

你的名字

# 无名烈士墓

每一杆枪

甚至每一颗炮弹

都有自己的编号　其实

那就是它们的名字


无名烈士墓的碑石上

没有一个名字

无名英雄纪念碑

那高高的碑石　打碎

每一颗石子

都是一个坚硬的名字

# 走过陵园

走进一片目光汇聚的海洋

墓碑里的眼睛冰冷坚硬

此刻你们用青春的样子迎接我

我用战争之外叠加的伤痕面对你们

我踩着自己的灵魂来看你们

你们的沉默是我诗中的雷鸣

# 我独自走在怀念里

昨天在我的脸上还未远去
风一吹，就会沿着眼角
流到面颊

等待一个梦中的战友
想象当年面对面
两个人挤在一个潮湿的猫耳洞里
仿佛是电影中两个演员
等待出镜
其实我们没有一句台词

今天，我独自走在怀念里
又听到当年那声炸响
被击中的感觉
像一缕阳光射进寒冷的窗子

我看到天空倾斜着

直到体内流尽无边的过往


此刻，一个手中没有武器的老兵

嘴角衔着一颗子弹

舌头抵住仅存的能量

卧倒在大地凹陷的地方

而那些声音坚硬的内核

依然如轰响的雷鸣

震撼着我的情感和灵魂

但我不知道

当又一个属于军人的节日来临

我用饱含泪水的诗歌

能否将你叫回来

肩并着肩　同我

一起坐在从前坐过的地方

# 多想和你一起往回走

## ——写给一位牺牲的战友

多想和你一起往回走

我亲爱的战友　多想

让一盏灯回到内心把幽暗照亮

让天空回到天空可以仰望

让星星回到石头不再闪烁不定

让时间回到日子不再虚度时光

让文字回到民间像童谣一样亲近泥土

让一首诗举着火把向人间昭示爱的向往

让春风唤醒花朵向大地展露灵魂的亮堂

让你我回到我们彼此不分携手世上再走一趟

# 推开窗子

推开窗子

让时间感动时间

让流水拥抱流水

让故乡思念故乡

让诗人敬畏每一行诗句

让天空和大地一起走进来

让世界在一个屋檐下握手言和

# 山间铃响

没有马帮　我们行走山间古道上

一支队伍曾经从这里走过

沿着他们的足迹我们再走一趟

让山花再一次在心里开放

山里早已经没有了马帮

一支山歌突然传来

听上去多么熟悉

像当年一支队伍走过

留下心声缠绕在山梁

在寂静幽谷久久荡漾

# 草地的回忆

这里的每一根草

都在回忆　他们记得

一个人曾经用血喂过自己

一个人曾经用命救过自己的命

# 雪 山

落在我爷爷头上的他早已不知道

落在我头上的我已无法忘记

因为一朵雪花在我头上

说了一句爷爷生前

重复了无数次的话

雪的命就是人的命

只有军人的命

是别人的命

# 铁索桥

请不要相信铁索桥真是用铁所做
也不要相信那桥下汹涌的流水真的是水
当年从这里爬到对岸上的人他们才是铁打的
而桥下澎湃涌动的河流就是他们不死的血
在他们用命守护的大地上一直深情流淌

# 鲜花与炮弹

鲜花与鲜花挤在一起
她们努力为人间绽放着笑脸
炮弹与炮弹挤在一起
它们也在寻找绽放的机会
那是它们各自的命运与结局

## 回望昨天

战场早已打扫干净

枪炮和厮杀声早已晾干在一片草叶上

战争在一截树根上睡着了

一切像遗址一样沉默

当一阵风吹动那一片叶子

仍旧带着金属的声音

像哪一截树根在说着战争的梦话

# 开往前线的火车

火车启动了

开往前线的火车

告别驻地

我们向车窗外挥手

车窗外是我们的亲人

又都不是我们的亲人

我们一个也不认识

我们向一个意境挥手

拼尽全身力气喊再见

我们说再见时十分自豪也很纵情

他们说再见时却流下了眼泪

仿佛再也无法相见

火车越走越快

这时我们的声音才低下来

低到只有我们自己才能听得到

低到一滴泪落下都能听清

低到铁轨猛烈挣扎吼叫

也无法掩盖那些声音

# 遗 书

那时我十八岁的生日

还在路上蹒跚

根本不可能去想如何安排身后事

可出征前我们都要写下遗书

说实话

我所有的财富和情感

甚至包括单薄的思想

就像那张等待写下遗言的白纸

没有多少事情需要留下

一个年轻士兵的遗书中

只能写下　妈妈

如果我不能从战场上活着回来

请您一定不要伤心（其实我们知道

没有一个母亲能做到）还写下

想我的时候就站在村口

像儿时一样

对着庄稼地或那棵桑葚树

喊我乳名

# 一滴泪

像一篇寓言等待阅读的目光

你一直在那里

等待我的脚步

其实我不需要那么大的草原

我更不需要那么蓝的一湖水

当我离开你的时候

你噙在眼角的那一滴

就已经足够，而且

在我心里一直不会落下来

# 一个士兵留下什么

不应该埋怨一个死去的士兵
什么也没有留下
阳光活着
风还在动
日子界碑一样站稳了脚跟

# 爱你时的样子

我和我的祖国

就是皮肤与血肉的关系

就是血肉与筋骨的关系

就是我爱着与被爱着的关系


一个士兵爱你时的样子

就是持枪站在哨位上

专注如界碑般

纹丝不动的样子

祖国有多辽阔

我的爱就有多稳固与辽阔

# 遥远的阵地

我曾经坚守的阵地

像一个世纪的梦

让我难以抵达

又像一个汉字让我难以理解

一直站在我记忆的门槛上

不肯关上房门又不走出来与我亲近

我遥远的阵地

醒来就在身边

睡去就在梦里

# 你吻过我的额

你吻过我的额
在你即将冲向前沿的那一刻
突然转过身来
把一个热血男儿的唇
落在一个女兵的前额

木然　恍惚　错愕
但作为一个女孩没有来得及羞涩
你又转过身去
只将一个背影留给了我

至今已经过去三十年了
我一直等你再次猛然转身
把我整个儿抱走
装在你的心窝

此刻我就站在你面前
用人到中年的手
把你与当年一模一样的面颊
轻轻抚摸　轻轻
叫着你的名字
可是你再也不理我
你的名字已经在墓碑上定格

三十年已经过去了
你没有转过身来再看一看我
可每天清晨洗脸的时候我的手
仍能触碰到你那仓促一吻
留在额头上瞬间的热……

# 翻　开

把花朵翻开

找到春天的味道

把河流翻开

打捞起真相

把土地翻开

晾晒掩埋的历史

把和平翻开

战争露出了装睡的样子

# 声音里的骨头

钢铁呼喊着钢铁

生命呼喊着生命

死亡命名着死亡

用钢铁叫醒钢铁

回答钢铁的声音是肉体的声音

钢铁的声音里充满生命的骨头

钢铁死后还是钢铁

一个士兵死去只留下一个名字

甚至什么也没有留下

# 对　峙

那时候，我们都躲在山洞里

只有目光伸得很长

但对方看不到

当他们躲躲藏藏向我们摸过来

我们就把他们套牢在准星里

于是那个人死了

死的时候好像还喊了句什么

但我们无法听清

但我们都知道他想说什么

因为，我们都是军人

# 战争的钢铁

我在战场上捡到一块弹片

这是一块战争用过的钢铁

虽然它已经被撕裂　扭曲　不规整

但捧在手上依然能够感觉到

它是一块好钢

我知道它呼喊着飞过来

就是要结束我和我战友的生命

断了我们回家的念想

可它最后像一个悬念

落在了我手上

我要把它打造成一把菜刀

让好钢用在厨房里

以节省母亲或妻子切菜时手上的力量

**我还要用剩余的那一小块**

**打磨一把钥匙**

打开故乡

那扇久别的家门

# 战壕的深度

没有人量过一条战壕的深度

它高过了我的头

在这条没有一滴水的壕沟中

注满了士兵的情感

我的头颅就在这壕沟里沉潜起伏

**我们在自己的情感里游泳**

**我们在自己的血液里游泳**

当整条战壕被战火烧红的时候

士兵的两只眼睛也红了

还有一颗被炸出胸腔

依然在界碑上跳动的心脏

# 猫耳洞

不知是白猫还是黑猫的耳朵
被血淋淋地割下来
置放在战争的壁龛上
我猜想有一种说不出的快感
一种不言自明的苦衷

你被割去眼睛　也就是
不长眼睛的东西
你没有心脏但仍是一只
活着的耳朵
你听到耳旁有山泉叮咚
如听到粮仓里硕鼠狂欢
而你不再有渴意
即使有渴意也不能再自由吸吮

有一种专门对付猫的鸟

时时飞来敲打你的耳朵

提醒你眼睛是多么多余的东西

你听到的最多

你看到的最少

你的耳朵比眼睛明亮

所以你用耳朵来捕捉风吹草动

# 蒙 自

站在二十岁花开的地方
云南蒙自
伸手接住我那双受伤的翅膀
把我的青春存放半年之久
却没有让我行走半步
至今也不知道那个叫"138"
后来又改名叫"68"的居所
到底长得什么模样

多少年来　云南蒙自
就像一句被推迟书写的诗行
还没有从我笔下
破土而出　吐出两片新芽
**但我至今仍记得那个军医**
**手握一把锋利的手术刀**

切开我的身体

如同我的父亲在他的土地上

用世代相传的手艺　挖开一条沟

播下几粒饱满的麦种


蒙自　你是多么热烈啊

当我乘一只铁鸟

穿过你当年燃烧成火焰的云霞

迫降在你的怀抱　你用山歌

用五彩的民族服和石榴

用辣子　用你如情丝拉也拉不断的

过桥米线　为我接风洗尘

可我就像一棵树被战争伐倒了

只能成为你的一个过客

把一声呻吟　一滴泪

留在你温暖过我的胸膛上


我是被另一只铁鸟运走的

我从此只记得你

长满香草和花蕾的名字

**从此只能千百次地念叨：**

**蒙自　蒙自　蒙自……**

你给我一刀又一刀剧烈的痛

也给了我一针又一针

温柔的　深深缝进记忆的爱

# 床

战争中的一个趔趄

把我和一张床

叠在一起

你不能说我躺在一张床上

甚至我的名字就叫床


我本来有自己的名字

从前沿阵地被运送到野战医院

加1床成了我的名字


医生护士卫生员以至送餐的护工

还有赶到医院来慰问我们的

驻地群众与学生

都对着躺在床上的我

亲切地呼喊着床的编号

用一张病床代替了我的名字
也代替了我
从此我的姓名就叫床

但我至今没有以躺着的姿势
向祖国伸手
**我依然用忠诚的骨骼**
**支撑着一名卫士的职责**

# 老 兵

他一丝不挂

我仍然一眼认出

他是一位老兵

在浴池边

在一群男性裸露的躯体中

我绝不是从他身上

那些伤疤判断出他的身份

不是，绝不是

在光滑绵软的人群中

一个老兵与其他人

最明显的区别在于

他有一根骨头

　　一根倔强的脊梁骨

　　　　如一尊裸雕

始终坚挺着

# 眼　球

许多年了，那层皮肉
似乎一直没有断开
眼球从眼窝炸出来
挂在眼皮底下
一阵风吹动眼球
像吹着一只风铃
摇摇欲坠

那是很多年前的一幕
一阵风吹过来
我看到你背靠着一截橡胶树根
缓缓走向我
风像吹着风铃那般吹动你
摇摇欲坠的眼球

窗口——陈灿诗选

你猛然苏醒过来

你左一下右一下摆动着头

我知道你是在张望

但你什么也没有看到

你渐渐恢复感觉的脸部

依然有些麻木

像被一张纸给蒙了起来


你伸手要把这张纸撕下来

可是你的脸上什么也没有

你没有撕下感觉中的那张纸

手里却抓住一只

挂在一层皮肉上摇摇欲坠的

眼球

# 街边一位修鞋的老兵

在这座城市的某个街角

有一个修鞋地摊

一位修鞋的老兵

每天准时在那里摆上摊位

为别人修理鞋子

每当接到一双需要修补的鞋

他就显得格外激动

情不自禁捧在手上左看右瞧

仿佛是见到一位

突然造访的老战友


战场上失去双脚

永远不需要穿鞋子的伤残老兵

他为别人修理鞋子时

那神情专注的样子

窗口——陈灿诗选

好像是修补自己多年以前

丢失在阵地上的那两只脚

# 一个伤残士兵的梦

我梦见

一架战机在天上

像一朵白云

悠闲散步

我梦见

那只指挥作战的手臂

潇洒挥写出道道五线谱

大地奏响了和平的乐章

我梦见

曾经射击出膛的子弹

退回了枪膛

我梦见

一位会写诗的战友来到西湖边

他站在断桥上拍照时

执意扔掉了拐杖

他的一条腿断了

但断桥没断

还有一座塔

站立在他的身后作为背景

很像他的另一条腿

支撑着一方美景

# 关于断臂的遐想

如果我们那天不在无人之处
这些想象就是永不诞生的婴儿
如果那天你的眼睛不在燃烧
这些想象就是永不解冻的冰山

那天你说些什么我已忘记
只是那天我突然成破落铅字
再不能构成你渴盼的完美诗行
那天你非要到公园去走走
那天的晚上不成为晚上
那天的晚上被狗吃了
于是你让我抱抱你
于是我伸开理智的臂弯
让风轻柔地摆弄我的遗憾
有两条臂膀伸向另两条臂膀时

两片嘴唇向另两片嘴唇推进
死去活来地翻转

你看到一个小个子战友
紧抱住敌人
他的嘴咬住对手的耳朵
死去活来地翻转

这时有两片嘴唇向你递来
有一只手伸进你空空荡荡的袖管

**你的头顶**
**有一双欣慰的眼睛**
**信号弹般从南方升起**

# 看一幅画

这幅画没有名字
于是谁都想给它取个名字
取个漂亮的或丑陋的名字
而谁都一筹莫展

很红很红的底色
间或有触目惊心的淤血
像一摊凝固的烛泪
一个个弹壳
痛苦地坐着或傲岸地静卧

有一个遍体弹伤的士兵
四肢展开仰面躺着
睁着没有眼球的眼睛
看头顶一只美丽白鸽
浅笑——

窗口
——陈灿诗选

栗东旭

"这一群用命去换命的人
任青春热血涨满河流
冲开一座又一座关隘奔腾向前
直到让红旗插遍万里河山"

# 一块头盖骨

一块头盖骨　很白

像一朵走丢的云

找不到故乡

我要陪护着它一起回家

我把它轻轻捧了起来

像捧着浩大的宇宙

我的灵魂也一起离开地面

在空中飘荡

我的手指如几道闪电划破天空

紧接着雨水从我指缝落下来

**我突然看到一滴雨**

**像一粒饱满的种子**

**落地生根长出枝干**

一个新的面目

如同一朵向日葵露出笑容

# 一只被炸飞的脚掌

像一片树叶离开树枝

一只被炸掉的脚掌

瞬间从一条腿上飞走了

从此一只脚掌

只留下行走的记忆


再不能行走的一只脚掌

在离开一条腿

腾空而去的瞬间

像一只鸟

一直在我记忆中

飞　飞　飞

像多年以后天安门广场

放飞的那只鸽子

一直在我的记忆里盘旋

# 腿

掌声砸来如秋风玩弄着小草

感觉变黄

流光溢彩的舞台战壕般让人忐忑

你坐在最前排

思维正匍匐在信号升起的一瞬间

而此刻报幕员正笑盈盈走来

当一切都由音乐和舞姿摆布

你不知道自己扮演的是什么角色

那条被装饰的腿在隐隐作痛

此刻该你上台

像那次一跃扑在战友的身上

兴奋的海浪在掌声中翻滚成炮弹的轰响……

你无法站起

真实的时候你才感到真实的自己

你是被抬到台上的你唱不出来

因为你怕那掌声

你永远不明白那么多战友的腿

为什么要用掌声来迎接

# 一个士兵的财产

留存　缓运　携行
每个士兵上前线
都把自己的财物
分为三份

携行的是生活必需品
如身体的一个部分随时跟着走
缓运的是可以暂时离开主人的物品
如同一次小别
比如夏季里那些为秋季冬季准备的着装

一个战士的全部财产
三分之二跟着上了前线
留存的实际上并没有什么贵重的东西
**对于一个上了前线的士兵来说**

只有那一封含泪放进留守包里的遗书

是最值钱的家当

# "点名——"

## 一

现在开始点名——
……

## 二

谁踉踉跄跄　死死搂住
自己的名字
像一堵老墙訇然倒下

## 三

谁的名字返回故乡

不知所措
谁的名字遗落在石头上
垫高日月

四

现在开始点名——
**我要把你的名字喊醒**
**我要把你倒下的名字**
**喊起来**
**站在墓碑上**

# 云南之南

云南之南

生命之南

命运之南

在盘龙河边拐了个弯

进入我生命深处

隐爱于心

隐怨于臆

隐泪于眼

隐言于喉


只有这一首小诗

像那一碗过桥米线

在我心中千回百转

# 战士是一个动词

战场是一张被战火烤焦的稿纸

战壕是一首纵横交错的诗

战士就是构成这首诗一个个有血有肉的动词

攻　势如破竹

守　坚如磐石

# 这样一群人

他们是人

但没有把自己当作人

他们热爱生命

但生死关头总是不要命

这样的一群人——

青春勃发，把界碑视为自己的墓碑

不少人带着作为男人的遗憾死去

走出战争的人，带着对战场无法褪尽的记忆

带着战火烘烤过的身躯回到我们中间

他们对俗世生活不大适应

战争中锤炼淬火的灵魂不断承受击打

心上布满伤口，却找不到那位野战医生

**这样的一群人，对脚下的土地**

**伤痕累累的心和日渐沧桑的脸庞上**

**永远镌刻着两个字：**

**忠诚**

# 失眠的人

再转一个身
阵地还是没有醒
你躺在老地方还是老样子
这么多年一直没有动一下
我只好又转了一个身
想把你拉进梦里
可是时间在梦里也很沉重
我只能把又一个失眠之夜
搬到稿纸上

# 搬运遗体

就这些了

**我们只能用一包泥土代替你**

**这些泥土里有你的血**

有你的肋骨

还有一块写着

你的名字和血型的领章

还有抓着领章死死不放的

半只手掌

亲爱的战友

请让我把你装进殡葬袋

请你

忍一忍

# 炮弹出膛

一发炮弹轰然出膛

那枚弹壳光着身子

侧身退了出来

像个刚刚挣脱胎盘的婴儿

浑身滚热滚热

只是没有啼哭

哭声应该在弹着点回荡

而在此刻

一枚空炮弹壳　更像

一块从美食家嘴里

吐出的骨头

或从战场上归来的

士兵

# 战　后

请让我好好睡一觉

睡在开满鲜花的山冈

别打扰我

别再像昨天的炮弹

吵醒石头 、河谷与流云

请你轻轻走过去吧

像鸟儿飞过头顶

不留下一丝痕迹

我将在长眠中

与祖国大地融为一体

# 梦回故乡

我回到故乡

放下了武器

我用操枪弄炮的手

挖掘土地播撒种子握镰收割

我用装填炮弹的臂膀拥抱妻子

我用持枪的手抚摸孩子

孩子啊就站在

我童年站立的地方

母亲一声呼唤

把我重新推回边境线上

# 士兵与诗

只有戍边的士兵知道

唐诗哪里有三百首

只有三百块将士们的骨头

遗落在时光的草丛中

发出遗世绝响

# 问候语

## —— 一个士兵的心声

是的，我知道

一个人一生中

有许多问候语可以选择

比如春天问候花朵

大海航行问候灯塔

河流默默问候河床

而我

今夜梦回故乡

只希望每一个夜晚

都能够轻抚你的秀发

向你道一句晚安——

## 加勒万河谷

是的，我甚至不知道你的名字
像一只无知的鸟从没有飞临过你的天空
直到我看见一个军人伸开双臂
把扑面而来的凶险拦在自己怀中
我才知道有一个地方叫加勒万河
直到我看见一张孩子般
天真的笑脸定格成永恒
我才知道那里发生了什么

但我还是要请你原谅
直到此刻我仍然
不能准确说出那个
叫加勒万河的地方
是否发生过爱情故事
（啊，爱情多么诱人）

加勒万河谷它到底有多深

（啊，多么肤浅）

直到此刻我才知道

一条河谷的深度就是

一名战士对脚下土地爱的深度

那坚定的山石呀

每一块都有战士的灵魂

作为路标或田野里的种子


原谅我把一些伟大的事物

都看作父亲面对庄稼一样走神

那是发自内心的敬重

今天当我从一棵小草的叹息中

听到一块石头的忠言

看到一群英魂发自大地深处的回响

**我知道所有天空的晴朗**

**都是一个年轻士兵在绽放笑容**

**我知道所有大地的葱茏**

**都是一群年轻士兵匍匐在大地上**

**那是人间最动人的色彩**

# 站在当年倒下的地方

我来到昔日的战场

找到了我的阵地

站在当年倒下的地方

我突然感到视线模糊

语言全无

一发渴望中的子弹

瞬间

再次将我击倒

# 第三辑
## 淬语：锤字炼句

我要一笔一画一丝不苟地写
我要把你们喊不醒的名字写活
我要让你们碎了的名字
整整齐齐列队

# 把一首诗在阵地上埋葬

我把一首诗在阵地上埋葬

我把我的青春我的热爱分行排列

一同埋葬在祖国边境的界碑旁


是的，我是一个喜欢写诗的战士

其实战场上没有一点诗意

所以我的诗不可能在刊物上发表

也不需要编辑选编入任何诗歌选本

能把我的诗埋在我战斗的地方

这将是世界上多少诗人

一生难以实现的愿望！

是的，你终于理解我的心思

**把我的一首诗埋在这里**

**就是我交给祖国的人生答卷**

**这首诗我只愿交由祖国大地收藏**

如果一颗子弹把我的生命钉在了十八岁上

接下来我要对埋葬者提出小小请求

对不起我亲爱的战友请你深挖一尺

那就是对我和对我诗歌的厚葬

如果能够多添上一锹泥土

最好能够用力再拍一拍

让我感受到如同兄弟告别

拍了拍我的肩膀

# 士兵花名册

白纸、裁纸刀、复写纸、直尺

是我当年抄写花名册的必备工具

今天，我要再次履行一个连队文书的职责

我要用三十年前的书写方式

书写你们的名字

我要把你们复写成三十年前的样子

我要一笔一画一丝不苟地写

**我要把你们喊不醒的名字写活**

**我要让你们碎了的名字**

**整整齐齐列队**

**请老连长按着这个花名册**

**再点一次你们的名字**


当我停下笔，从窗口望向远方

仿佛听到队列中

那些空了的位置上

回声四起

# 瞬　间

鲜花是瞬间的
掌声是瞬间的
生命是瞬间的
可是，为什么
亲爱战友，每当想起
你瞬间消失的生命
我的心会疼得那么久
死了，还有这几行诗句
在世上疼着……

# 一首诗如何诞生

像士兵擦拭手中的武器

大卸八块然后

一个字一个词

反复反复地擦　擦

直到在木质枪托和钢铁膛线上

把自己的影子给擦出来

像雕塑师刀刀见血让顽石复活

从一块坚硬冰凉的石头里

捧出全部的温暖与活着的灵魂

# 还剩下一滴血

在缺少诗意的空间

我固守着我的田园

栽种几行诗句

伴我酌酒

并让四季都有个盼头

是的

你可以把这些日渐稀少

又缺乏关注的植物

放置一边

这都无关紧要

要紧的是

只要稿纸上

还剩下最后一滴血

那你就不能否认

滴血的情感

# 多大一阵风才能刮走这一行诗

我知道无论我面朝什么方向

一个人的身体对于天地间的大风

都能构成正面袭击

好在我的身体已经承受过一阵

又一阵风莫名其妙的推搡

最后我以一棵树的形象站稳了脚跟

如果哪一天真被连根拔起

我相信身上那一道长长的伤疤

仍然会告诉后来者并大声说出你看

他是一位战士诗人

当年在西南那座简陋的战地救护所

医生把碎了的骨肉重新缝补修复起来

使他身上那一道伤痕像极一行诗

而一个诗人有了这样一行诗句雕刻在身体上

要多大一阵风才能刮走这一行诗呢

# 我的诗句超过我的存在

我的诗句早已越界它超过了我的存在

它已经将我并不高大的躯体浸没

如同当年在南方阵地堑壕中潜伏

我和我的战友把故土养育的热血

抛洒在远离家乡的土地上

是的，那里不是绝对意义上的故乡

然而，对于一个身处前线的士兵

**远在千里之外的故土**

**同身体下的泥土有着血脉关系**

并同祖国这个大词一道

进入我小小的心脏

浓缩成炙热诗句

假如有一天这些泥土

把我的躯体覆盖

春天里鲜花盛开的祖国

会长出一行一行热烈的诗

那就是一个战士诗人

对祖国大地爱的分行

栗东旭

"谁今天能够成为这一扇重要窗口的建设者是有福的
谁明天临窗而立成为这扇窗子里的风景是幸运的"

# 把诗歌放入一条江里

如果可能　我要把我写下的所有诗句

放入你的怀里一一涮洗

洗去炮火洗去硝烟洗尽

枪声洗尽伤痛与呻吟

洗掉诗中的细菌与语病

像编辑家的大笔删繁就简

只留下那些

像你一样干净的灵魂

呵　一条命运般的江河啊

到处的水都已很浑

只有你还干净着呀


如果可能　我要把你流动的柔情和

一路溅起礁岩般坚硬的诗句

装进我的行囊去告诉

四面八方会写诗的朋友

面对你——我要收起

祈望成为诗人的梦想与痴情

收起早已写秃的一支笔

写了半辈子的文字

谁的诗句能像你一样

让人过目不忘

# 为什么

为什么这么多年

还在写诗

准确来说还在写军旅诗

关于这个问题

不是你第一个问我　虽然

在梦中你又一次向我提起

我相信这也不是最后一次

我没有想过这个本不是问题

会成为问题一再被问起

从今以后我不再回答

从今以后我会继续写

我会一直写下去

直到你在战场闭上的眼睛

重新睁开

读一读我为你写的这首诗

并且读出声来

# 诗歌在上

在简化礼仪的时代里
寻找不出更好的方式
对你表达内心的崇敬
请允许我独自站在
喧哗的寂静处
模仿古人
双手抱拳举过头顶
给你行个躬身大礼——
诗歌在上
请接受一个诗歌囚徒的
顶礼膜拜

# 一个人一生要写多少错别字
## ——写给贺页朵

一个人一生要写多少错别字

谁也无法去精确计算 只是

你在一份只有短短几句的入党誓言里

竟然写错了那么多

这是真不该出现错误的地方

你一错再错

我怀疑你的名字

也是自己写错

直到今天仍在将错就错

不过我也想说

虽然看似简单的文字

不是会写的人都能全部懂得

你的一生只沿着

用错别字书写的铮铮誓言往前走

脚底的路一步没有走错过

# 世界上最珍贵的两块铁
# 走到一起

镰刀与铁锤走在一起
世界上最珍贵的两块铁走到了一起
钢铁与钢铁紧紧拥抱。这亲密的样子
是我看到的世上最完美造型

那把铁锤要把废弃的铁块变成思想的利器
让混乱的大地重新回归秩序
而这一把镰刀正是我熟悉的农具
在阳光下亮闪闪地等待
我仿佛看到了家乡的父老乡亲
站在田埂上满心欢喜地望着
眼前那一片等待收割的麦子

这是世界上最珍贵的两块铁

望着鲜红底色映衬下的这幅图案

就像望着久别重逢的老友

伸出这个铁锤一样的拳头

直击我胸口又迅即张开双臂

如同开镰收割将我揽收入怀

## 黄金　黄金

一

时间里面的火焰
是炼出黄金的火焰
黄金里包裹着时间
时间的火焰闪着黄金

二

我的口袋里已无多少金银
除了时间我几乎身无分文
但我也已没有大把挥洒的资本
必须让每寸光阴都散发出
真金的光芒

三

黄金从来没有为自己做过选择
也从来没有把自己看得那么贵重
比如出身比如肤色
导游说金灿灿的石头不是黄金石
黄金出生以前很黑

那就把每一块土地都爱成黄金
把每一块黄金都爱成家乡

四

麦子站在麦田里
父亲站在麦子面前
我知道那些朴素的麦穗
就是父亲心中的遍地黄金

## 五

四百年前一群又一群人走进大山
他们要从石头缝隙里找到黄金
今天有一群人进入金窟
他们想在史迹中找到黄金一样的诗句

## 六

是的，不要再埋怨读诗的人越来越少
因为我们的诗篇里
缺少黄金

## 七

黄金时代一伸手就是黄金
我不敢说出我的热爱
通往明代的金窟
一窟宝藏
一窟老虎

# 八

我膝下有两块黄金

母亲足足用了十个月时间

慢慢冶炼出来

把我从不是人

变成了人

形成的过程漫长

我使用起来也极为节制

几十年了

只在父亲坟前使用过

# 我是枕木

自从作为轨道的一个环节

我就失去了远方

但作为枕木

如果没有一趟列车

从我身上隆隆驶过

那将是我一生的失败

因为我的远方都装在

从我的身躯急速驶过的列车上

# 一截柳干

是的　我看到它发出芽来

一截被伐倒的柳干
无根无枝无叶
孤独地躺在庭院里
无依无靠地独自发芽

一截无所依存的柳树干
内心也有一个不死的春天

# 泥　土

这是一切的开始
即使春天
你看到花朵
那也是草木从泥土中
找到了力量
一树鲜花
只是泥土的升华

# 我同春天一再打着招呼

我同春天一再打着招呼

我想告诉春天

大地对世间万物了然于胸

我想与第一缕暖风握手

河流早已把心思

全都默默说出

谁一层一层解开

大地和树木的纽扣

让柳绿桃红草色青青

显露出江南的样子

让江水想着未来

让明天感动结冰的河床

让前程召唤出发的脚步

无论明天走向何方

我的心情都像天空一样坦荡明朗

而这天空又像是初恋的春天

除了美就是清纯与羞涩

而这羞涩只是天边

那一句尚未写出的诗行

如果你喜欢我把

这一句送给你

请你伸出双手

接住我独特的诗句——再一次轻轻

轻轻叫一声你的乳名

陈 浩

"我要用山清水秀的方块字写下美丽中国"

# 开　篇

一张白纸深情地望着我

当我在它身上写下开篇

如同打开一道清白之门

一缕清风也随之而来

吹遍山山水水

这是开篇

这是一年最好的兆头

打铁者即使面对火红的炉膛

用拯救的锤敲打身体里的病

每个人都能看到这个季节变换的样子

都感受到天空如此干净

阳光像梳子轻轻梳理大地纷乱的思绪


他们用自己的忠诚

绑扎每棵树最牢固的姿态

让身体里的大风和波浪不走形也不会变样

一场大雪多像一句来自远方的问候

轻轻落在冬天寒冷的枝头

让人间充满温暖

让四季有了安慰

让西湖里的风

每一阵都沿着自己的方向吹

让东海的船风正好扬帆

**让每一块铁拒绝锈的诱惑**

**让尘埃无法落在灵魂上**

**让每颗思想的芦苇**

**都保持春天纯净的样子**


**春风尚未到来**

**我的诗篇已经先于春天抵达**

雪花在赶往我们的路途上

柳条已经在我心中摇曳起舞

对于生锈的铁

我们只有举起铁锤

像打开一朵雪花

打 开 铁

藏在怀中洁白的梦

# 谈话（一）

## —— 一位省委主要领导的话

根据安排

我把他找来谈话

随后

他便被带走了

是自己人带走了自己的人

他最后是从我的办公室

走出去的

望着他的背影

心情十分沉重

一个熟悉的人被限制了

好像自己的心也被一同限制

瞬间

仿佛是一件日常用品

遗落

再也无法准确回忆起放置的位置

这是一个人走丢后
耳朵里流进来的声音
不听话的树叶早离枝
同风雨没有多少关系

窗口
——陈灿诗选

# 谈话（二）
## —— 一位省委主要领导与同事谈话

简短的谈话

比一个世纪还长

一位省委主要领导

同他的一位同事

摊　牌


没有握手

没有告别

一切都显得多余

起身　转身

天远地遥

淡出视线之外


那一刻

一位省委主要领导的目光

木讷又深邃

远去的背影

像一堵墙

隔断昨天与今天


准确地讲

隔断了一个人对另一个人的记忆

那个曾经熟悉的人

突然陌生得

不再认识

# 问　题

这几天仿佛都不真实
我和身边的人都
感觉一直在梦中没有醒来

一个大人
昨天还在那样
今天怎么就这样了呢
这个问题好像
不是什么问题
可是大家都回答不出来

# 坐飞机

机场早已安排妥当
护送的人不知道
他们执行的是什么任务
只感到神圣而又神秘

当一个人从庄严的行政办公楼露面
他们都被电击一般
怔住了
随后的反应机械而熟练

贵宾室里不再是贵宾
虽然从机翼下直接登机
那个曾经的同事
已不再能上前握手告别

回眸点头间

一个人的道路被连根拔起

## 小满记

可是我并没有说出我的不满
作为一棵努力生长的麦了，立春之前
我已经饱尝了小寒与大寒

今天是小满，我不能说出我的不满。你看
过冬的太阳用它不需要的水分和热量
一点一点温暖我，让我抽穗灌浆渐渐地满

今天又像我的生日，我不必说不满
小满本来就是小满。夏季来临
我还要把汲取了一冬的水和热
从内心掏出来，一滴一滴偿还
直到秆黄枯萎
直到灵魂枯干

# 大寒记

我在盘点自己

我在抚摸一年下来依然干瘪的口袋

我在跟自己争吵


我在争吵中发出的声音

都是硬币碰撞硬币的声音

我在寻找一支暗箭射来的方向


一支暗箭离弦一个人失去了天良

我在细数自己的汗珠子

每一滴都带着血的色泽

我的灵魂正向远在乡下的母亲下跪

这一年我没有做出什么像样的大事情

唯一能够说出的我还是母亲希望的那个孩子

# 打铁者

举起铁锤仿佛把自己也举了起来
打铁者一锤一锤敲打春秋岁月
有时也打风。从不放过一阵歪风
也打空气。打铁者更不信邪
举起了自己当然不会放过
甚至用力更猛。一下一下倾力锤击
那每一件利器的锋刃上
都有打铁者自己的骨头与精魂

# 北京西边的一家宾馆

像穿着夹克衫

站在路边站牌下等待公交车的人

北京西边的这家宾馆

没有什么特殊的地方

只是这几天

进出的客人

非同寻常

他们是地球上的这个大国

掌舵领航的人

这些面孔大多上镜率都很高

有的常在中央台露脸

有的常在地方台发声

但在这里

他们跟普通人一样

他们彼此见面也同样拍肩

握手　打招呼

在电梯上上下下

拥挤着身挨着身

餐厅里排着队取碟子

再拿一双筷子

挑选简单的几样菜

吃着统一的白助餐

可他们在讨论问题时

都有独到的见解

他们的言语的确

非同凡响

**他们的声音是在为国家定调**

**他们的手势是在为国家把脉**

**他们的举动是在为老百姓谋福祉啊**

他们的笑声有时候很重

他们的咳嗽有时

意味深长


几天的闭门神仙会

最后汇成一种有力的声音

窗口
——
陈灿诗选

198

向世人公布

让世界睁大了眼睛

北京西边的这家宾馆

又在热烈的掌声中

归于平静

# 站在北京饭店某层楼的某个窗口

静静地

尽情地

看着　天安门城楼

以及广场上精神抖擞的旗帜

长安街上的行人

还有天空中飞来飞去的雁阵

还有早晨的阳光

傍晚落日的表情

甚至被一阵风吹到我眼前的一粒尘埃

甚至一片等待发红的香山叶子


人间的大事这几天发生不少

大自然也有许多变化

只有相互关心才会知道

这些感受是从我眼下的位置体会到的

如果不换个角度

谁又能看到身后的风景呢

# 午夜从天安门前走过

这个夜晚很深
像老家门前的那口井
我独自走在这口井里
寻找出处

那张全世界都熟悉的面容
慈祥地望着我
为我提示道路
他的微笑中流出人类的黎明

广场啊
童年记忆里
父亲渴望拥有的打谷场
没有谷物
那随风扬起的声音

窗口
——陈灿诗选

不见粮食

只有风沙


长安街

我梦中的家乡河流

接受着车轮碾压

和声音的冲刷

已经不生长鱼虾

那些夏日里茂盛的水草

都成了文物


我不知道

若干年后

人们走到这里

是否还能听到

一个人

曾在午夜从这里发出呼喊

那声音可能被风干成

清脆的风铃

# 民间中国

走过秦砖
越过汉瓦
穿过一道明清徽派老墙
披着现代风雨与情怀
我们走进民间中国

这是祖国的民间
我们在春天里赶来
来到泥土石头和木头中间
一股原木的气息扑鼻而来
如同游子归乡听到乡音
亲切随和友好温暖
这些民间朴素敦厚的器物
都是我们熟悉的乡亲
他们从原始的状态走出来

窗口
——陈灿诗选

抵达自己可以抵达的位置
用自己独特的语境同我们交流

面对一张椅子一只茶壶
或者一个石墩
我们仿佛看到来自乡村的父母兄弟
他们不善言辞又心怀大爱
他们出生仿佛就是为了吃苦
一生被别人把握却心满意足
如同理解自己手里握着农具
伺候玉米土豆水稻和高粱
只是作为椅子离开了屁股
他们总是感觉不够踏实
只是作为石墩失去滚动
他们总是有些不自在
而作为一只茶壶
没有手的把玩与唇齿相亲
总是觉得自己少了许多人间的温暖

**此时　春天已经很深**

我伸手推开民间的窗子
民间的中国早已热气腾腾

窗口
——
陈灿诗选

# 大地芬芳

一生的旅途中如果我有过几次驻足回望

那一定是我听到了麦子

在故乡的麦田里拔节的声音

听到了芝麻开花的声音

还有子归和袅袅炊烟的声声呼唤

还有一根芦芒吹奏水汪汪的童年梦想


走到今天只剩下一阵清风认识我的灵魂

在异乡无数个夏夜我的梦中会常常响起

母亲在星光下蘸着月色磨镰的声音

冬日的清晨父亲伴着声声咳嗽

用力铲扫门前积雪倾吐出心中积郁着不快的声音

那张吱呀作响饥饿瘦弱的餐桌

那只缺了一个大口子的土碗像一面破镜子

餐餐照出我粘着泥土的小脸和两道营养不良的目光

这一天我看到一张纸鼓足了勇气

摊在了十八个农民面前

当他们在这张毛边纸上

揿下指印的瞬间

他们每个人的心中豁然亮堂起来

那十八个鲜红的指纹印

如同十八颗太阳在他们心中升起

也照亮皖北小岗村低矮茅屋上空沉沉黑夜

至今那十八个鲜红指印仍如十八个

饿红了的目光一直在历史册页里张望


原谅我有那么多话想同泥土交流

即使今天我来到大海身旁

我的心始终走不出童年记忆

凌晨四点我在海天苍茫中等待日出

一轮推迟升起的太阳如同一滴推迟流出的眼泪

潮湿在历史的眼眶里辛酸一个读史者的心

我是一个从平原上走出来的孩子

我的表情我的心迹显而易见

我不需要别人向我致敬

窗口
——陈灿诗选

但我就是大地上那个逆行的人

即使站在山顶对我来说也就是坐在高高麦草垛上

即使看见一轮红日从海面上壮观升起

那阳光下波涛汹涌的海平面无异于风吹着故乡千顷麦浪

大山饱满那是大地紧握誓言举起大大小小的拳头

大地芬芳那是每一棵小草

在向人间吐露酝酿已久的欢迎词——

一个新时代走过七十年的山山水水正迎面而来

## 我们的敌人看不见

而死亡就在身边
清晰可见

我不想抒情
只想书写

心与城市一起过冬
我们安静自守
时间寂静如一张白纸
更像一袭白衣穿在你身上
抵抗看不见的对手

鼠年楚有疫
狂人狂无缰

谣言也是病毒

信谣就是病毒携带者


可怕的不是肉体肌理染上病毒

可怕的是思想上被病毒感染

## 膝盖下的头颅

有些黑

如果不是还需要呼吸

会让人以为那只是一块泥土

如果不是还能发出声音

还会让人误以为那只是

一块废弃的铁

如果不是还在艰难地喊着妈妈

谁也不相信一个人的命　会

在另一个人的膝盖下结束

# 寂　静

日子坐在巨大的寂静里

只有时钟嘀嗒嘀嗒原地动了动腿脚

阳光没有声音星星没有声音

风也只是让树替它晃了晃影子

流水停下了脚步

船已靠岸公交车上只有司机履行职责

一次又一次在车站停靠

既无人下车也无人上车

# 一场大雪与一块石头

## ——致微信群中晒故乡雪的北方友人

一场大雪说来就来了

（北方的消息刚从微信中进入眼睛

南方的雪紧随其后悄然而至）

天大　地大

现在有太多的突如其来

作为大地上的一块石头

我只能选择以不变应万变

接受这看似意料之外

实际是在意料之中的不速之客

默默承受着眼前发生的一切变化

虽然一朵雪花落下来的样子

十分含蓄，轻盈，不事声张

甚至开始我一点也没有感觉

有什么东西躲在了我身上

可我丝毫不敢轻视
这像无一样的有

是的，我知道一朵雪花的分量
因为我知道它有那么多兄弟姐妹
我更加知道它有多轻
就有多重

# 一场雪爱意浓浓

## ——写给因疫情推迟婚宴的侄女

昨天的一场雪从远方赶来

轻盈纯洁温暖　让你

想到她心里就很干净

每一朵雪花

都是一位善解人意的朋友

这些神的使者每一朵

都怀揣着祝福与安慰

告诉大地疫情只是一个小小意外

爱与被爱才是人类永恒主题

你听，今晨几只喜鹊

在堂前屋后的树枝上

兴奋地传递这个消息

告诉各位亲朋好友

一场大雪就是一场人间盛宴

# 一股绳

我已经拉住了你

你也要紧紧抓住我

对　就这样

我们的手

千万不能松开

一阵狂风暴雨

多像大海中

一个又一个猛烈的浪头

挺住挺住一定要挺住

狂风把我们向左吹

我们就一起往左滚动

狂风把我们向右吹

我们还是一起向右滚动

我们要死死地抱在一块

不是说我需要你

也不是说你需要我

这样的时刻

我们被系在了一根绳子上

不　我们必须要拧成一股绳

只有这样只有这样

一同面对灾难

才能　起走出灾难

你千万不能松手

你一松手

死神就乘虚而来

谁也不能把我们分开

什么时候我们也不能分开

对　我们是一股绳

灾难中越来越紧密

抱在一起的一股绳

# 开往春天的火车停了下来

从冬天开往春天的火车

停了下来，是的

一个国家

都停了下来

停在这一年的这一天

一个国家都在四月四日

这一刻停下了脚步

大地哭出声来

所有火车，甚至

汽车、轮船都

把憋了一冬的气力喊了出来

一起呼唤着，呼唤

一个无人回答的名字

# 一颗泪先于我醒来

亲人远逝。天空泪流满面

每一颗星星都是

不仅仅是流星。每一颗星星都是

它们把痛楚

挂满天空。不轻易落下来

如同我。姐姐去世已经数月

每天清晨一颗泪

先于我在眼角醒来如同

她当年得知我

在战场上负伤时一样

栗东旭

"一条路就是这样

像一条红丝带飘落在人间

飘落在一群担当者的肩头"

# 格尔木

一根死去的木头
同一块铁走到一起
就又活了过来
并且有了自己的名字
一根重新复活了的木头
握在了一位老将军的手里
一块死去的土地就又活了过来

死去又活过来的一块土地
今天成了一个迷人的地方
而当年将军和他身后的一支队伍
冒着死亡的威胁
走到这里，眼前
也就是几颗滚动的砂砾

那一年他用深邃的目光环视荒原

眼睛里仿佛看到了一片迷人的绿洲

于是他将一把走累了的铁锹

往脚下看准了的土地上一插

大声说：这就是格尔木——


格——尔——木

一个曾经偌大荒凉的词

至今，人们仍然感叹

那时一支队伍怎么能够

把一座城和一条天路

从祖国的死角给拉了出来


其实，祖国就在心中

最神圣的位置上

每一个清晨都是从这样一支队伍

布满血丝的目光中亮起来

每一块戈壁石都从他们

心窝里焐过之后才滚动起来

上面布满了他们的精血与灵魂

才成了难得的有灵性的宝贝

一群无人区里的拓荒者
就这样改变了大地行走的方向

一个姓慕的将军
将自己的名字刻在了一把铁锹木柄上
成为一截永远活着的木头
"这就是格尔木——"
成了自己的墓志铭

# 附录1　论陈灿的政治抒情诗

曾镇南

正如笔者在序言中提到的，陈灿的三本诗集（《抚摸远去的声音》《士兵花名册》《窗口》），包含了他题材广阔、情绪饱满、艺术风格随生活内容的变化而变化的大量抒情诗；这些诗的艺术水平并不一致，有些诗在不同的集子中复现率比较高，但顺序读下来，仍然有一种变动不居的生活的新鲜感和诗艺的灵动性贯穿其中，不时地刺激、驱除着阅读的疲倦感。特别是近年来陈灿的笔端持续涌流出来的红色抒情诗，像黎明时分东方天际出现的朵朵红云，簇拥而出，渐明渐亮，终至有了那么一点云蒸霞蔚的气象，可以引人翘首东望了。

即使是陈灿这样身历过战争生死试炼的党的战士、党的诗人，当他把久蓄的一团感情源源不断地注入那些应时而发、听令而行的红色诗歌的时候，我们如果只是怀着景仰和敬畏，远远地巡礼一过，便习惯性地激赏一番，频频点赞，那也只是空泛的甚至流于庸常的议论，而不是对诗的艺术的评论。诗永远是经由形象、意境、意象、意匠所组成的曲径，才通向真、善、美的艺术宫殿的。诗与真共命。对于每一首政治抒情诗而言，是不是具备诗人苦心经营的，由语言营造而成的一定的结构骨架，并经由这种结构辐射出有点神秘和陌生的艺术感染力，这一点决定了它艺术生命的长短。与小说、戏剧所明显具有的结构感不同，诗，尤其是抒情诗，又尤其是政治抒情诗，它的结构感较为隐形。但不管多么隐蔽，若要具体地评论一首政治抒情诗，就非得具体而微地把握住它的艺术结构不可。因为这是抒情诗里唯一可以把握的实体。即使它闪烁如鳞火，飘动如阵风，也一定要按迹循踪，探寻其联结生活、获取营养的脐带，究诘其幽潜入诗人灵魂的秘符，借以点亮诗灯的契机，从而穷形尽相地勾勒出它的本真状态。这样，我们才能避免那种蹈虚、凿空的泛评，而使陈灿的政治抒情诗获得一次触及灵魂和肌体的锻冶式的批评。

当我对陈灿的政治抒情诗作了一番溯往观今的吟诵和探微之后，我可以稍稍地感到心安了。陈灿的这些政治抒情诗，虽然不能说已臻圆熟畅达之境，但都是他在融入人民生活的大海之后，感情趋于深沉、凝重，思想愈加坚定、明澈，诗艺也在锤炼、砥砺的过程中日益精进，而后才采撷下来的果实。如果我们按照它们采用的题材和确立的主题，在艺术构思中形成的鲜明、飞动的形象和形象体系，分组分类对其构建的骨架和形体进行审美观照和诗艺分析，那么，就可以寻绎出这些大同中存殊异的红色诗篇，每一组每一篇，都有其独特的来路和去向。

细看陈灿较长的政治抒情诗的写作，当是始于1999年10月，为纪念新中国成立50周年而作的《中国朝前走》（选入诗集《抚摸远去的声音》）。这首长诗构建了一个在历史的大道上一路蹀行、永不息下的中国形象。"中国在赶路"，是在每节诗的开头以复沓的形式不断出现的主旨乐句，它引领着全诗以进行曲风的节律前进，精炼的诗行，一节之中三种人称变换形成的微澜起伏的乐段，刚健、整齐、有力的诗的语言，确定了长诗军伍推进的气势、声韵。虽然不是引吭高歌的豪唱，但伴着"中国在赶路"的形象的不断充实、不断丰满，好像有一种镗镗的金属撞击声从正在赶路的中国脚下传出："十三亿人的步伐/和着激越的鼓号"行进，"尽管你的脚步/有时歪斜　有时沉重/在世界的目光中有位/东方巨人不倦的身躯/——我的中国。"这是世界的目光、历史的古镜和时代的视野中一直在赶路的中国。请读一下下面这节诗，它简劲质直，带着脆响，但也不乏艺术想象力牵挽出来的比喻和沉思——

中国在赶路

祖先的梦埋进青山

民族的魂融入江河

把昨天　留给记忆

留给风　留给雨

留给思索的记忆

斑驳的碑记

把今天唱给希望

唱给阳光　唱给黎明

一个崭新的民族　高奏凯歌

缩短着天与地之间的距离

——我的中国

值得注意的是，这首献给共和国50周年大庆的长诗，在这类长诗热情的礼赞基调中，似乎支棱起一种悲壮的战斗情绪、一种愤激的正义呐喊，因为"巴尔干夜空的那声轰响/再次将谎言、罪恶/霸权　暴露无遗/正义　和平的声音再次/遭到强权的袭击"，长诗在行进中遭到一次流血的闪击，于是便出现了这些苍凉激越的诗句：

> 改革的鼙鼓已敲响
>
> 封闭的窗帷被拉开
>
> 卓尔出群的东方巨人
>
> 已经走出险象环生的沼泽地
>
> 强大起来的炎黄子孙
>
> 再不容欺！

这使整部长诗收敛了喜庆的欢容，平添了沉雄的力度。它所记录下来的历史事件的投影，于今倒成了陈灿政治抒情的现实感应性的特征。

经过20年的发展和攀登、生聚与教训，中国仍然走在历史选择的必由之路上，并沿着螺旋式上升的曲径，进入了又一个历史的新阶段。风雨兼程、蹀行不息的中国形象，又一次出现在陈灿的笔端。2019年9月12日，政治抒情长诗《中国在赶路》适时地发表在《光明日报》上。2020年5月24日，《解放军报》"长征"副刊将该长诗删节后以《新长征的脚步》予以重发。因着特定的历史契机而问世的这首政治抒情长诗大大开拓了带着新时代特征的诗境，加深了在赶路中的中国国家形象的历史内涵，把这一形象提升到史诗的、哲理的高度，由此驱动的一系列诗的形象、意境、意象及至意匠，联翩而至，使诗的天地更加廓大，气势愈发宏放，诗骨更见坚劲，诗韵在沉郁顿挫中更显遒劲有力。长诗的开头是这样的：

> 祖国，我心上的国家

我要用文字的车轮，把对你的爱

一行一行搬运出来


我调动起一个诗人的想象力

想着你的好，也想着你的难

想着你大风中

把头埋下像一头牛

用头颅顶着风雨

爬坡过坎

行走在大漠

行走在草地雪山


这些朴实的极具诗人个性的诗句，为一个伟丽的东方大国，勾勒出一幅线条简净、有力的炭笔素描。"想着你的好，也想着你的难"，这是诗人之语，也是老百姓掏心窝子说出的烫人的暖心话，真是肺腑之语即为诗呵。这使我联想起在前述那首《中国朝前走》中，也有抒情主人公在生活的现场镜头里出现："中国在赶路//此刻坐在江南水乡/一座严肃的行政办公大楼里/我以自己最实在的感情/写着关于你的诗句/握赤子之笔/吐胸中块垒。"相隔20年出现的这两首同题共旨的抒情长诗，其抒情主人公的形象，自然也有不小的变化，但形象本身的复合性特征，则是一以贯之的。这就是说政治科学和历史哲学的超越性与社会伦理和人民生活的现实性在抒情主人公形象上获得了融合、统一。抒情主人公在高扬人类历史的真理、观照国家和民族的历史道路的同时，也在改造社会的实践和人民生活的寻常经惯处找到了自我。带着升腾到历史天空的燃烧的激情和思绪，诗人高翔远翥在时代的群山之巅；当他回落到日常生活的大地时，就会情不自禁地把自己歌者的身份带入崇高的诗美诗境之中，一下子拉近了读者与诗人从中汲取诗情的生活之流的距离，为长诗陡增了许多人情味和生活情趣。这种诗艺技巧也是与我们古老雄奇的诗国传统相关的。中国最早出现的伟大政治抒情诗人屈原在其《离骚》中正是这样做的：抒情主人公形象既可升腾而上，叩天庭，吐情愫，甚至发为《天问》，怀疑自邃古之初，放歌于昊天之外，也可以梦坠空云，从政治情绪达到峰值的高点落到地面，直面制约、羁绊诗人进退的复杂社会关系，重新找回现实生活的身受者、目击者的视角。这种把高华的政治襟抱、哲理抽思与极具个性的历史现场感、生活烟火气浑然融合起来的长诗结构组织法，在陈灿的政治抒情诗创作实践中，得到了多次成功的运用，驱动、绘状"中国在赶路"的艺术形象的这两首长诗，就提供了很好的诗证。

诗人思维的健翮高翔云汉，背负青天朝下看，俯瞰地球的东方，一群人、一支队伍从历史的深处走来，走进了现实，走向了未来，向着不变的目标一直走，一直走……诗人聆听这群人的足音，曾经把"每一个驱动的身影"想象成"一个个跳荡的音符"，"在用自己的命为一首大合唱，努力发出自己的声音"；又想象这走在大地上的身影"像一个个深情的汉字/向脚下的土地表达自己/发自内心由衷的情感"。

诗人的形象思维不停地跳跃：

噢，不——请再仔细看看
那分明就是一首诗在走啊

一首前无古人的诗在走着

一直走了二万五千里

才走出一首诗的题目

叫作——长征


那是一个国家

沿着一首诗的韵脚在走着

在这样一场气势磅礴的行走中

没有一个文字能够迈着悠闲的脚步


诗人在史的诗与诗的史的不断换位中沉吟，在主观的诗感和客观的史识交融中斟酌考量：


真的不知道

是一条道路走成了一首诗

还是一首诗被走成了一条道路


诗人把深情的目光，回落到万水千山的祖国大地上，仔细地检视这首摊开的诗的字句上"还粘着当年的草叶、污泥、汗渍/叹息、呻吟和早已暗淡的血迹"。他听到了这些出发的人内心浩茫的心事，感受到"他们走在种满愤恨的土地上"，"他们愿意燃烧自己为国家取暖"的初心。愤怒出诗人，理想和担当塑造出大地诗人的体魄与心魂。这出发时的初心，不也正是这一群用脚走出中国史诗的诗人的诗心吗？请听：


从今天这个角度来说

他们的确生而有憾

但他们死而无憾；

他们的确生而有痛

但我们死得其所！

这就是一支队伍最初的模样

他们跑丢了自己的影子

却收拾好了兵荒马乱的旧河山


在这里，叙事人称的突然变换，产生了一种特别强烈的韵味，突然让这群大地诗人的脑胆开张，初心毕现，诗魂高扬，这也就把《中国在赶路》这首诗之史的史骨、诗心高高擎起——有如"一只展翅的鹰扑棱棱飞出来/如灵魂策马，追赶月落日升"。在历史发展的关键时刻，我们党和国家的领航者、掌舵人提出的"不忘初心、牢记使命"，就成了新长征队伍继往开来的动员令，成了这支队伍洗涤灰尘、拭净本心、再上征程的指路灯。正是在这个历史节点上，继续行走在祖国大地上的这支队伍，这群追随着红旗逐梦的人，比任何时刻都更是诗人；这首形神兼备地绘状了"在赶路"的中国形象的长诗，也被赋予了比历史更真、比哲学更有意味的真正的诗的意涵。亚里士多德古典诗学的诗的理想，锦绣万里地铺展在东方大国的红色热土上。且看这奔放而凝重的诗句：

一条路就是这样

像一条红丝带飘落在人间

飘落在一群担当者的肩头

无论是那条走了千年的古丝绸之路

还是今天启航的海上丝绸之路

抑或是沿着二万五千里长路继续往前走

每一条都是落在肩上的责任与使命

如同纤夫肩头那道深深忍耐

在没有路的地方走出了奇迹


看，"在赶路"的中国形象，红旗指引的美如画、歌如潮的中国形象，一个"赶"字，道尽了这群大地诗人奔赴理想目标的迫切感和坚决心，也汇合了浪漫主义飘逸的诗美、诗梦和现实主义"忍耐"与"负重"的诗踪、诗韵，实现了政治和艺术的统一，诗的真与美的力的统一。

《中国在赶路》驱动艺术想象力，借用比喻、象征、联想等艺术手段，反复抒写在大地上行走的一首诗和组成这首诗的"不可或缺的一个字／一个词一个顿号逗号抑或／感叹号破折号省略号"之间的关系，那一面指引队伍前行的红旗和组成这面旗的每颗心吐出的红色的丝绦的关系，一个国家的高度和千百万人民群众心中的高度的关系……正是在长诗临近结尾的地方，长诗抒情主人公的个体性又一次突显了：一个国家在人民心中的高度也是由诗人个性的生活体验来测定的——这里出现一个加括号的旁注——


（虽然有时她只具体到一个村庄

成为童年记忆中那一间低矮茅屋的高度

但那一幢低矮的茅舍啊

多像一枚情感的纽扣

把我同一个国家紧紧维系在一起

永远无法解开——）

　　长诗宏大的历史抒情的血肉肌体，与诗人怵动的诗心泵出的热血的纤流，是这样紧紧维系在一起呵。这让我们感到，这首流注着对祖国深情眷恋的颂歌，是从大地上生活的最深处、民心的最深处涌出的。这样的长诗，像一面清晰的、精细的艺术之镜，它能捕捉人们生活的每一次吐纳呼吸，回答深深地激动人心的关于怎样争取美好的生活，怎样践行我们的理想、信念，及瞻望祖国的未来、人类的前景这样一些迫切而重大的时代课题，这也是回答我们每一个当代中国人生存的意义、人生的价值的问题，揭示生活的真理、历史的规律，回答"怎么办""做什么"这样一些构建大地上合理而健全的生活的问题。

　　当然，有力地回答所有这些问题，绝不是一劳永逸的事。正如长诗的卒章所写的——

还有那么多路等着我们去走

中国的路上繁花似锦

中国的路上道阻且长

　　这里戛然按下诗的休止符，余音缭绕，回声四起。"中国在赶路"，诗人也未能收笔。

　　在陈灿另一篇有代表性的政治抒情诗力作《从春天到春天——致敬美丽中国》里，我们看到，"在赶路"的中国形象，进入了一个改革开放的大时代，迈向了开创和发展中国特色社会主义的新时代，在与时俱进的奋斗征程中，越走越自信，越来越美丽。"美丽中国"是"在赶路"的中国形象的延伸和接续。诗人正是从他亲历、目击的这个时代中汲取诗情，从他生活的时代激流中获得灵感，从祖国大地上山清水秀、物阜民康的景象中摄取艺境，开始了这一以春天为主调的放声歌唱。诗人是这样开始吟唱"山一程水一程春天的故事"的——

> 在这个可以看得见诗歌的季节里
>
> 我按捺不住满腔激情以灵魂作笔
>
> 调试饱蘸着心头热血
>
> 左一撇山清　右一捺水秀
>
> 将憋了一肚子的爱和美
>
> 用大胆泼墨的手法尽情挥洒
>
> 全部奉献给心上的你——中国

与沿着历史的轨迹、时间流淌的节奏顺流而下的结构方式不同，这首抒情长诗创造了一个具有时代概括性的中心意境，以律动的意象，大段落的排比、复沓，把"从春天到春天""那一次次滚滚春潮"，颇有气势地泼墨推宕而出。美丽中国的形象，就是在"那一次次滚滚春潮的潮起潮落"中显现其生命的律动、革命的跃进的。当我读着"从春天到春天"，"中国的美丽是土地"，"中国的美丽是校园钟声"，"中国的美丽是一棵树"，"中国的美丽是一条河"，"中国的美丽是那一次次滚滚春潮"……重温那些既熟稔又陌生、既惯见又新鲜的蕴含着历史和哲学味道的生活画面，试图探究一下长诗每一个大波段层层递进的层次关系时，刚开始确实有点困惑了，觉得诗人对城与乡、人与自然的抒写稍有失衡，诗段与诗段的转换略显凌乱，统摄全诗的形象、意象群的主旨不够清晰。但是，当我被长诗展开的春和景明、芬芳馥郁的画面所吸引，一次次从头寻绎时，我读到了"我相信美丽的事物离泥土最近/从春天到春天一个鲜花盛开的村庄/一直在我心窝里住着"，眼睛突然一亮，一束透过诗的魔镜聚焦的强光出现了！原来，这是一幅从大地的深处涌出、铺展在大地四陲的春潮图。潮流天地外，潮来天地青，美丽中国的绿色的梦，就是从祖国东南八闽大地、吴越山水开始萌动、孕育、成形，在顽强、坚韧的践行中逐步变成了中国大地的现实。"从春天到春天美丽的中国/有傲雪红梅有冰河解冻有小草醒来的惊喜"。大地、村庄，就是和盘托出整个美丽中国的大托盘；绿水、青山，就是泼墨尽染的绿色中国的总底色。"那十八个指印如同十八粒饱满的种子"，在历史的册页上开出指纹印一样的花朵。诗人记忆深处的那条河里的神奇的石头（"这些充满了哲学韵味的石头"）也能像变魔法似的变出种种大地上的奇迹，从层层绿波中"掏出比飞鸟飞得更高的飞船/掏出比鱼儿游得更深的蛟龙/……还能够掏出比绿皮火车跑得更快的'和谐号''复兴号'"。这些既坚硬又柔软的水里的石头，是思辨的石头，它会振起"一双更加自由的翅膀/让一群振翅欲飞的思想/有了一方挺身而出的天空"。它已经也必将放飞越来越多春天的故事，田野上的希望，青山绿水化金桥的梦想……这就是《从春天到春天》这部由多彩乐段组成的变奏曲的主旨意涵，政治的也是诗的美丽意涵。

当然，这首政治抒情诗也是从皖北大地走出来的，从军营战地走回来的，从和祖国大地泥土永相亲的诗人心里流淌出来的。恰如诗中出现的"校园钟声"等初读似乎觉得有点突兀的意象，牵出了几乎整整一代人集体记忆中关于高考、关于入学通知书的那些激动人心的人生特写画面，凝定在"春天的小草"这一形象上面,让我们听到了小草"绿色呼吸"的微声,看到了年轻的颤抖的心"如同风中的草叶一样抖个不停"的形象,读到了"一棵小草努力生长的梦想",寻到了校园钟声萦系的小草"心灵深处的歌",具象地、感性地"搂住了一个挂着朝露充满希望的早晨"。有了早春时小草的勾萌,才会有春深时大树的凌云。在这里,陈灿结合自己的青春记忆,写出了一代大地之子成长的"自己的歌"。这是"春天的故事"里最新最美的图画、最好最耐人寻味的故事,是支撑起美丽中国的栋梁之材横空出世的"人之诗"。

窥探到《从春天到春天》这首长诗清扬挺拔的主题秘旨,我们对诗人选择的一系列诗的意象之间的内在联系就豁然贯通了。小草恋山,大树恋土。为什么诗人咏叹"中国的美丽是一棵树"?为什么说"一棵树知道心中的乡愁有多深",又为什么说"每一棵树都是我们的父老乡亲"?如此主客体交错地咏树赋人,正是诗人在大地上行走、在故乡沉吟、在民间中国观察,萦思结想而成的一个诗的发现:"大地葱茏山河故人/谁也无法从它们心中搬走/那一颗千年不朽的芳心/春风吹动了青山/那是每一棵树都有了魂魄/每一根草木都有了一个绿色的梦。"美丽中国在"从春天到春天"的行进中越来越美,而最美最新的是如小草、大树一样的遍地英雄,一代东方巨人!

"中国在赶路",美丽中国在跟时间赛跑,《从春天到春天》,就是诗人陈灿"写进命里"的祖国的赞美诗、大地的锦绣图。

在2016年纪念长征胜利80周年和2017年迎接党的十九大召开这两件接踵而至的大事前后,陈灿的政治抒情诗踏着历史的节点为事而作,应时而歌,接续推出了以《涨满热血的河流》《航迹》为代表的一系列新作,及时记录下走进习近平新时代中国特色社会主义的中国步伐、中国姿影、中国神采、中国航迹，创造了我国政治抒情诗的鲜红的新形象、新意境、新意象、新意绪，成为红色新诗浪潮中一簇鲜亮的浪花、一道深沉的红流。

现在，让我们来看看，陈灿诗中一直朝前走、一直在赶路的中国形象，又有哪些新的艺术构思和设色立意吧。

2016年6月，早已离开军队的陈灿一变他那些以重温战地回忆、抚摸远去的声音为主基调的"非典型军旅诗"的轨道，突兀地写出了《祖国　我要出鞘》《中国海》等极具现实感的战斗诗篇，横空出世，一新耳目。在南方多变的天气传来的雨水"踢踏"声中，诗人"听到了醒来的巨人的脚步声/没有一刻停留迟疑/像工匠一锤一锤敲打一块青铜的初心"。响鼓也要重锤敲，应和着"在赶路"的中国锤声一样的强力度的步声，"一个梦从大地的深处醒来"，抒情主人公的声口，变成了拟人化的剑的自白——

我来自泥土
我要立地为魂
我来自一块青铜
我要再一次铸魂入剑


这剑身，是在火焰的胎胞里抱出来
这剑刃，是在猛兽的牙床上拔出来
这剑柄，是在祖先的忠告中传下来
这剑鞘，是在隐忍的老根里挖出来
这剑魂，是在石头的内心里掏出来
但我一直不想轻易走出剑鞘
……

我是剑梦想已经出鞘

这剑从大地的疼痛中抽出来

这剑从长风的长啸中抽出来

……

抽出来一把

梦想出鞘的剑

如同一个等待出征的人

渴望明确方向——

剑指波涛，我是一柄深蓝之剑

剑指九天，我是一柄倚天之剑

剑指魔爪，我是一柄斩妖之剑

剑指界碑，我是一柄和平之剑

即使在剑鞘中等待

我也是一柄忠烈之剑

剑鞘里一个灵魂

醒

着


祖国　我要出鞘


2017年8月2日，建军节的次日，这首诗以《一把剑梦想出鞘》为题，发表在《人民日报》"大地"副刊上。生活在风和日丽、莺歌燕舞的和平幸福生活中的人们，也许掠一眼诗题就移开了视线，而不怎么在意；但凡是每天都关心着正在"赶路"的中国，希望她日新日好，希望她安康无恙且又留意边事、注视那一年的南海的读者，在诵读这首士兵之歌的时候，应当会听到正在从事伟大斗争，时时绷紧军事斗争准备这根弦的伟大国家沉稳而急重的步履声吧。这首诗低昂顿挫的律动，铿锵作响的音韵，如阅兵行进方阵般整齐推进的排比诗行，是有一种震醒、锤锻灵魂的力量的。整军经武，国之大者。这是军旅诗，也是新国风。闻鼙鼓而思将士，览战云而发雄声。立意在报国，旨归在动作，此之谓也。

循此接读写于2016年10月的那篇汪洋恣肆、雄奇伟丽、抚视千载、海涵地负的《中国海》就更加有会于心了。诗人驱动艺术想象力，让自己升腾到万里海空之上，想象"此刻世界以静止的方式坐在一起/我的手轻轻抚摸过河流与山脉/山山水水在我手中转动起伏/一个又一个亲切的名字站了起来/我看到叫渤海黄海东海南海的兄弟/一个挨着一个把身子紧紧贴在/海南澳门香港广州杭州还有上海天津的身边/脸上幸福的浪花闪动着迷人的光彩/中国海啊世界炎黄子孙心里头装着/沧海桑田也改变不了对你的热爱"。我看到诗人以爱抚的笔意，伸出了感情的灵指，如数家珍地向世界讲述着祖国万里海图上远远近近耸峙着的海岛，它们的历史和今生，它们的起伏和浮沉，它们怎样通过河流的脐带，与大陆上的山山水水血脉相通。在民族复兴的历史大道上往前疾走的祖国母亲，终归是要携带抱持所有的山海岛沙一起追梦圆梦的。诗人潜入了所有这些海上的兄弟姐妹们的内心，替它们道出了积愫悃情："她们没有忘记自己是谁的孩子始终/手拉着手从未挪动半步固执地等待/她们知道母亲从未松手也一定会来/睡梦中同母亲紧紧挨在一块"。诗人也不惮点亮诗的探照灯，直面海上总会袭来的迅雷飙风：

浪涛脱去了衣裳惊雷压在上面不停撞踹
大海喧嚣雷鸣电闪中伴着折断的涛声

......

我感到海礁在我体内不停呐喊着

全身被苦涩的清醒反复叼咬撕扯拉拽

用眼睛痛饮辛酸

用灵魂接受大海


当这种喧嚣和骚动袭来的时候，我们已经听到过陈灿弹铗而歌唱出的护国长剑的匣鸣声——"剑指波涛，我是一柄深蓝之剑"——不管太平洋的波涛会掀起怎样的惊涛骇浪，中国永远就在那儿，中国的定海神针永远就在那儿，因为，正在赶路跨进新时代的中国，有这样的底气和自信——


我知道河流与海洋一样重

大海中的礁石与天空中的云朵一样重

孩子手中放飞的风筝与神舟宇宙飞船一样重

钓鱼岛黄岩岛西沙南沙群岛与台湾岛

普陀山岛与黄山泰山一样重


就这样，《中国海》用富于浪漫主义色彩的象征手法，把"在赶路"的中国不惧风险、勇于和善于进行伟大斗争的底气和自信，把捍卫祖先为我们开拓的万里海疆的主权和权益的坚如磐石的意志等政治意涵，以诗的大写意的泼墨意境，雄浑地表现出来，对我国政治抒情诗的题材、意旨和艺术表现方式，作了一次颇富启示的探索。

考察了这两首颇带军旅色彩的别开生面的政治抒情诗之后，对稍后出现的《涨满热血的河流》《航迹》等红色浩歌的来龙去脉，就看得比较清楚了。

写到这里，意犹未尽，但《窗口》付印在即，不能再迁延下去了。我虽然有与时间赛跑，一气完成这篇叙述性诗评的热情，但笔力有所不逮，就这样先行打住，交稿付梓吧。后续之评，当从容足成之。我认为，陈灿的政治抒情诗和他的大量军旅诗，是值得这样细细品评的。

窗口
——
陈灿诗选

# 附录2　陈灿诗作品鉴摘要

## 一

陈灿同志是以军旅诗步入诗坛的。他的诗歌洋溢着强烈的爱国主义和革命英雄主义精神以及对美好生活的向往与追求，反映了一个"战士诗人"的崇高使命和强烈责任感，催人进取，给人以奋发向上的力量。同时，他也在诗歌艺术上努力探索，他对诗歌韵律节奏、形象塑造、氛围营建等方式手法的运用都较为纯熟，与主题思想相映生辉，能把主旋律内涵与现代艺术创作成功结合，殊为不易。正如军旅作家李存葆在读了陈灿的诗集后所说的那样，虽然诗人现在已经脱下军装，但依然保持着军人情怀，而且笔下始终书写反映军旅生活的作品，一直为军队、为战友倾注着情感。诗人怀着对国家的赤子之心、对军队的赤诚情怀、对战友的一往情深、对故土的至深爱恋，以诗歌的方式表达出无限敬意。这是一个真正经历过血与火考验的战士对国家、对亲友、对生活、对美的独特心领与神悟。

习近平同志在中国文联十大、中国作协九大开幕式上的重要讲话中，要求广大文艺工作者"把艺术理想融入党和人民事业之中，做到胸中有大义、心里有人民、肩头有责任、笔下有乾坤，推出更多反映时代呼声、展现人民奋斗、振奋民族精神、陶冶高尚情操的优秀作品"。衷心希望陈灿同志能牢记这一要求，不忘初心，继续前进，不断深入生活、深入实际、深入群众，汲取创作素材，激发创作灵感，提升艺术造诣，持续创作出更多更好的精品力作，逐梦之心永驻，艺术之树常青！

——摘自金炳华刊于《人民日报》文艺评论版的诗评《把热血与忠诚化作英雄诗篇》。金炳华，中国作家协会名誉副主席，原党组书记、副主席

## 二

当下纷乱繁杂的诗歌现象中，什么样的诗是好诗？陈灿的诗应该说是占着主流的一种。我之所以看重陈灿的诗，是因为陈灿是一个特别有"坚持"的诗人。他的诗歌同他的生活一样，从战场上下来一直走到今天，发生了很大的变化；但他情感的底色和质地没有变，思想的本色没有变，他在变中又保持了许多不变的东西。这是最难能可贵的。陈灿的诗既有很坚硬的一部分，也有柔软的一部分。既有作为军人的大气，又带有包容、穿越性的表现，能够把高度政治化的东西诗意化。

——阎晶明，中国作家协会党组成员、书记处书记、副主席，著名评论家

## 三

在我对新诗有限的阅读中，这是迄今为止我所能读到的一个参加过战争的士兵所创作的关于那场战事最让人怦然心动的一部诗集。他的作品，没有当今诗坛存在的浮华与虚假。更可

贵的是，在他前后跨度三十余年的诗作中，几乎每一首都饱含着一个军人的至深大爱、家国情怀，即使是为数不多的抒发个人情感的小诗，也写得如此鲜活、激情饱满、令人震撼。抛开他出色的诗才，这是一个真正经历过血与火考验过的战士，对国家、对亲人、对生活、对美的独特心领与神悟。这也是一部参战士兵的个人心灵史。每一行诗句中都饱含着激情热血与磅礴大爱。你仿佛看到诗人手中握着的不是笔，而是自己的灵魂；那纸上游动的文字，仿佛是一个个"碎了的名字"，真的被诗人喊了起来，在诗句中闪动着惊异的目光，似在追问，又充满渴望、期待与感激。

如果说，我那部作品是我当年作为小说家，用小说的形式献给那些牺牲战友的花环，那么，我认为陈灿这部诗集，是继小说、影视等文学形式之后，一位亲历过战争的"战士诗人"，献给他一同出生入死的战友一份诗的花环。

——摘自李存葆刊于《解放军报》"长征"副刊的诗歌评论《热血 激情 诗意》。李存葆，中国作家协会名誉副主席，原解放军艺术学院副院长，少将军衔，著有《高山下的花环》等

# 四

陈灿是从连队摸爬滚打出来的"战士诗人"，是在战场上与死神擦肩而过的勇士诗人。热血洗涤了他勇敢的烈度，弹片锋利了他思想的锐度，病榻的白床单擦拭了他赤子之心的纯度！从那一刻起，他的战争经历就像他的诗歌创作源泉，汩汩流淌几十年，始终清晰可见其中的军人特质：热烈、刚毅、犀利、

深沉……保证了他在军旅生活和政治抒情两个方向上的写作高度，既有真情与激情的汇聚碰撞，同时又是把诗歌技巧融入个体生命体检之中的自然喷发。他的经历与诗歌文本浑然天成，已然形成了很高的辨识度。在诗歌王国里，陈灿是一个真正的战士——无论阵地如何转换，始终以生命做笔，饱蘸着深情和忠诚，倾力书写对大地、对祖国、对人民的滚烫诗篇。《窗口》就是这样一部奉献给建党百年的厚重的新时代诗歌选本。

——朱向前，原解放军艺术学院副院长，著名军事文学理论家、评论家，鲁迅文学奖获得者

## 五

说说陈灿。我读过他一些诗，印象很深，短小，凝练，锋利，如匕首——许多诗歌是锄头。陈灿的诗有一种抓住本质的能力、点石成金的本事，比喻是金制的，含着一个个耀眼的金钥匙，具有强劲的穿透力和表现力。有人说，是死神教会了他写诗，我倒以为，他天生是诗人，死神不过是替他卸了俗世的重力，让他飞扬起来。

——麦家，著名作家、编剧，浙江省作家协会原主席，茅盾文学奖获得者，著有《解密》《暗算》《人生海海》等

# 六

参加过战争，经历过死亡，陈灿的诗用他的灿烂生命告诉我们，什么叫家国情怀，什么叫生死契阔，什么叫柔肠寸断。读他的诗，你将跟随他穿越风暴、雷霆、历史的峰回路转，也将听见他的呻吟、歌哭和如同江河那样写在大地上的百感千情。

——刘立云，著名诗人，《解放军文艺》原主编，鲁迅文学奖获得者

# 七

陈灿的军旅情思虽然也有轻柔如水之时，更多如虎啸山林之态，丈夫气十足，想象刀刻斧削，结构大开大合，就连用语也硬朗粗豪，掷地有声。像《祖国　我要出鞘》这样写道："我是一把梦想出鞘的剑/我有一万个瞬间出鞘的理由/……即使在剑鞘中等待/我也是一柄忠烈之剑/剑鞘里一个灵魂/醒/着//祖国　我要出鞘。"休说剑之锋利与"雄心"，单是诗之蕴蓄的隐忍之力就令人刮目，犹如地下岩浆，惊雷将至，是典型的男性之诗，可以震醒一切昏睡者。《声音里的骨头》仿佛能够让人听到"钢铁"和"骨头"的撞击声："钢铁呼喊着钢铁/生命呼喊着生命/死亡命名着死亡/用钢铁叫醒钢铁/回答钢铁的声音是肉体的声音/钢铁的声音里充满生命的骨头。"诗将钢铁和骨头交错，凸显士兵的生命个性，士兵意志之坚毅刚烈足可窥见一斑了。

陈灿的诗歌世界是丰富博大的，和自然、历史、现实的多元辐射性对话结构，使之拥有更大的发展空间。仅仅是其中的

战地诗歌一角，灼热的情、澄明的思、硬朗的词的共时性呈现，已经成就了他诗歌卓然的艺术风貌和成熟的方向感。放目当下的中国诗坛，经过90年代的个人化写作训练，表达水准获得了大面积的普遍攀升，技术在很多诗人那里已经不是问题；但令人难以认同的是轻型诗歌过度流行，同质化严重，太多的作品不痛不痒，钙质弱化，力量感明显不足。在这样需要血脉偾张和触及魂魄的时节，陈灿作为真正参加过战争且诗魂在身的一位现代诗歌写作者，他介入性的近乎崇高的"红色写作"，尽管有时粗粝得欠凝练，不够含蓄，但仍然饱满健康，有骨头和重量，辨识度高，能够带给人一种希望，至少昭示了"大诗"在中国诗歌土壤中存在及伸展的可能。

——摘自罗振亚刊于《红豆》杂志刊发的诗歌评论《"红色写作"可能性的成功展开——陈灿的战地诗歌印象》。罗振亚，著名诗歌评论家、诗人，南开大学文学院教授、博士生导师

# 八

诗人陈灿通过自己的诗作营造出一个丰饶、辽阔的文学世界。

陈灿的创作激情源于他和战友们身上流淌的英雄热血和英雄情怀。歌唱祖国、礼赞英雄从来都是文艺创作的永恒主题。诗人陈灿倾情书写士兵的风采，对爱国主义和英雄主义进行了诗意诠释。陈灿不仅仅是一个亲历者，更是一个讲述者。他把记忆中的战争和战友作为背景，去努力寻找一种精神的真谛。他的讲述，呈现出比生活更高远的视角，更宽广的视野，更独

特的表达。因此，在他的诗作中，英雄的情怀是滚烫灼热的，既是一幕幕动情的回忆，更是一曲曲英雄的赞歌，具有穿透人心的艺术力量。

英雄是民族最闪亮的坐标。如何让英雄形象更加立体生动，更加打动人心？这是新时代对文艺创作提出的新任务，也是作家艺术家们必须思考的新课题。主旋律创作容易让人贴上"生硬"的标签，以往创作中也或多或少地存在直白化、说教化的问题。这部诗集的可贵之处在于，它不仅仅描写了一场战争，一个英雄群体，更深入英雄的精神世界，用诗歌抵达英雄的心灵。在这里，英雄成为一个个具体的人，有血有肉，有情感，有爱恨，有梦想，也有内心的冲突和忧伤。这些诗句，既崇高豪迈，又激昂深刻，更敏感细腻，如情感的岩浆，如心灵的清溪，奔流在读者的心田，构成一幅由血与火、情与梦交织而成的撼人心灵的诗歌画卷。"我的诗可以拧出血来，我的诗句都是战友的骨头在支撑着。"这是诗人发自肺腑的话语。

以往的文学创作曾经出现过非英雄化的倾向，有的作品甚至存在历史虚无主义倾向，漠视英雄、诋毁英雄。"现在开始点名——/我要把你的名字喊醒/我要把你倒下的名字/喊起来/站在墓碑上"。诗人在这里以诗歌的名义，为英雄辩护，为英雄正名，从而使这些诗作气势磅礴、生动感人，具有一种崇高正大的审美品格，呈现出一种激越深沉的艺术力量。其实，我们的身边并不缺乏英雄，缺乏的是对英雄的倾情抒写，缺乏的是以这样滚烫的心灵、文学的方式、艺术化的形象去描摹英雄、礼赞英雄。

——摘自刘笑伟刊于《光明日报》的评论《倾情书写"最
闪亮的坐标"》。刘笑伟，著名诗人，诗歌评论家，解放军报社
文化部主任

# 九

陈灿是浙江的资深诗人。他是一位有自己明确写作方向的
诗人，多年来一直在默默向前走着，同时也不在乎行走速度的
快慢，这样的心境和处世态度，本身就是写出优秀作品的前
提。当年他在老山猫耳洞里写下的那些作品，让人记忆犹新。
最新出版的诗集中，如《午夜从天安门前走过》《谈话》《会议
广场的上空》等，都是集中的上乘之作，那些刻摹官场生态的
诗作，于无佛处见佛，无诗中觅诗，毫无诗情的题材，却能写
得触目惊心，可见身手不凡。对于他的艺术追求，著名军旅诗
人刘立云称之为"捧玫瑰而低吟，握刀剑而狂歌"。这个定位可
谓相当的准确。

——摘自柯平刊于《文学报》的评论《抚摸远去的诗意》。
柯平，著名诗人、诗歌评论家，文学教授

官口
——陈灿诗选

# 十

近年来，军旅诗人陈灿创作了一系列的政治抒情诗，不少还是长诗。它们聚焦中国共产党领导中国人民创造的光辉业绩，展示了新时代中国政治抒情诗写作的本色与新风采。

陈灿创作的《航迹——写在南湖红船边上》，以中国革命历史发展为时序，用"当年""从此""后来"做导引，从上海石库门写到北京天安门，从南湖写到南海，从民族初心、党史根系写到人间奇迹、梦想成真，从一个缔造新中国的伟人写到"一位新时代的领路人"，浪漫豪情地描画"一个民族有了自己清晰的航迹"。《从春天到春天》刻写了改革开放四十年来中国爬坡过坎、历尽艰辛，最终海晏河清的奋斗历程；中国不但奋力于本民族的复兴，而且通过"构建人类命运共同体""一带一路"倡议，让"美丽世界"的未来更加可期。

他的组诗《中国在赶路》，可以说调动了他关于长征和走好新长征之路的全部知识与想象。诗人以梦为马，"灵魂策马"，长路当歌，飞驰在"祖国，我心上的国家"无边无际的疆域；读来既使人回望江湖激荡，又重赏春潮澎湃，还回味海潮汹涌！而他的长诗《涨满热血的河流》也赞颂长征，只不过在这里，他把长征比成一条涨满热血的河流。从这两首诗里，足见诗人对长征一往情深。他说："我要用文字的车轮，把对你的爱/一行一行搬运出来。"

陈灿的政治抒情诗写作往往抓住一种信念，即他对党、对人民和对国家赤诚坚定的信念，并把它作为一个原点、"中心点"，一步一步渐渐深入下去；接着，遵循"当年""从此""后来"的时间线索，从历史一路写来，形成了以信念为中心，把与之有关的细节、场景、事件、思想和情感串联起来的"抒情线";最后,又以这个点和这条线为基础,上下前后左右各自拓展,进而形成一个既别开生面又彼此辉映的"结构面"。总之,无论是点的切入、线的串联,还是面的营构,都不是孤立的,而是联动的。陈灿政治抒情诗因此成为一件件由"点""线""面"相结合的艺术精品。

要言之,正是有了对历史和新时代的深刻认识,有了源于生活的丰厚经验,有了对历史、现实和未来的深入思考,有了对党、国家和人民的一片赤诚,有了对诗歌艺术尤其是政治抒情诗艺术的准确把握,陈灿的政治抒情诗写作才展现出新时代的风采。

——摘自杨四平刊于《解放军报》"长征"副刊的诗歌评论《政治抒情诗的新诗意》。杨四平,著名诗歌评论家、诗人,安徽师范大学教授

# 后　记

　　今年是中国共产党建党100周年。我业余创作以军事题材诗和政治抒情诗为主，去年就有报刊和出版社向我约稿，他们特别希望能在这样一个重要时间节点，编一本我的诗选，作为敬献给建党百年的一份礼物。我当然也有这份心意。

　　这部诗选主要由政治抒情诗和军旅诗组成，共分为三辑，有大抒情，也有小情怀；当然，所谓"小情怀"也是大抒情的拓展与延续。军旅诗是我还是连队普通战士的时候就喜欢并一直坚持至今的写作题材，政治抒情诗同样是我的热爱，且近年来我集中创作了一些篇幅稍长的作品，发表后在社会上产生了较大的反响。如为纪念建党97周年，我创作了《航迹》一诗，自2018年发表后，已在全国不少地方的许多重要演出场合被朗诵过。《涨满热血的河流》在《诗刊》发表后，《中国诗歌》杂志在"中国诗选"栏带头稿的位置上对此诗篇进行了转载。《从春天到春天》和《中国在赶路》两首长诗，在中国作家协会《诗刊》杂志社和安徽卫视联合打造的大型文化类栏目《诗中国》的两期节目中作为压轴作品予以重点推出。《中国在赶路》在《光明日报》首发后，被多家报刊和数个知名网站转载，点击量逾30万，这也从一个角度反映了政治抒情诗并不缺乏读者，这更坚定了我创作的方向。

　　与此同时，从猫耳洞到负伤后躺在病床上，再到眼下的工作场景，我人生的变化使得我对和平年代那一段刻骨铭心的特殊经历，有了沉淀、思考再向情感深处挖掘的空间。近两年，我创作了一批抒情短诗，军队和地方多家专业刊物对此给予了关注，其中《解放军文艺》一次推出了我的18首抒情短诗，又在微信公众号平台推送，产生一定反响；数家刊物在集中数十首短诗推送的同时，还安排了名家予以研究评论。这也更坚定了我的创作信心。

对南湖红船题材的书写，我已经持续了数十年。如果算具体时间的话，从1991年以《红船》为题创作的诗歌，第一次在原南京军区政治部主办的《人民前线》"东线"副刊上发表，至今已有整整30年了。那首诗当年在部队产生了很大的反响。从20世纪80年代第一次到南湖瞻仰红船，到后来数十次去南湖纪念馆参观，我深刻体会到那里真正是"我和我的兄弟姐妹洗心的地方"。

我从部队转业到地方的第一个工作岗位，就是从事省委常委会议的记录和秘书服务保障工作。可以说，我是浙江改革发展一个重要时期的见证者，也是一些服务保障等具体工作的亲历者。浙江是革命红船起航地，加上我这些特殊的工作经历，为我创作《航迹》等政治抒情诗，提供了得天独厚的条件，使得这些诗不仅有历史的纵深感，也保证了在大开大合中不失形象生动的诗意表达。更为关键的是，它们有助于我将作品从百年的党史根部，提炼升华到一个新的时代。

庚子年是一个特殊的年份。一场突如其来蔓延全球的新冠肺炎疫情，不仅影响着人们的生活，也深刻改变着人类社会的认知。2020年3月底，习近平总书记到浙江视察工作，并赋予浙江"努力成为新时代全面展示中国特色社会主义制度优越性的重要窗口"的新使命新定位。这个目标定位神圣崇高又形象具体，于是我有了创作一首诗的想法。很荣幸我在自己的工作实践中，带领大家实现了相关工作被省委列入第一批"重要窗口"建设的阶段性标志性成果之一。具体工作实践上有了成果，然而，希望用诗歌来表达的愿望一直未能达成。直到后来明确了创作方向，我才在业余时间断断续续地写起来，前后创作了近一年时间。当我终于完成这部诗选的最后一篇诗作，并将这首长诗定名为《窗口》后，我对这部诗集的书名又产生了新的想法；但此时距出版社约定的付印时间已经很近。也就是说，在其他诗稿已基本完成编校的时候，这首诗作才刚刚"入列"。再对书名"东张西望"显然有些为难，这对于在冗杂的事务缝隙间挤出分秒来创作的我的来说，选择的疼痛自是无法尽述。

也就是在这个时间点上，多位读到我这首诗的诗人和评论界老师与友人，都给予了很高的评价和肯定。还有几位老师直接建议我将诗集名改为这首长诗的题目。正在此时，中央作出了支持浙江高质量发展建设共同富裕示范区的决定，并专门下发《意见》，浙江省委随之召开全会专题研究、系统部署。会上，我第一时间认真学习了中央和国务院联合下发的《意见》，还有省委有关共同富裕示范区建设的《方案》等文件。浙江省委全会召开的当晚，央视《新闻联播》也正式发布了党中央、国务院的《意见》通稿。可以说，我作为浙江的一位业余诗歌写作者，真是受到了极大的鼓舞！因为这些工作都是在朝着习近平总书记赋予浙江"重要窗口"建设的方向走，或者说，浙江通过建设共同富裕示范区，来作为全面展示"重要窗口"的最美风采、最佳答案。而这些内容我在《窗口》这首诗中都有体现，都作了诗意表达。随后，我将想法同出版社的同

后记

255

志一交流，他们也正有此意，并表示会克服一切困难，让《窗口》这部诗集如期出版。

回头看我的诗歌创作历程，可以说主要经历了三个阶段：一是在战场，二是在野战医院养伤，三是在现职工作岗位上。这样的三个阶段，似乎都是"没有诗意"的。正如一位诗人兼诗评家对我的诗歌创作所评论的："于无诗处觅诗。"的确，回首过往，那时候我在生命随时都可能会消失的战场上，利用战斗的间隙躲在猫耳洞里写诗；战场上负伤以后，我的思维绕开无边的痛苦，躺在病床上写诗，在不能写的那些日子里，就口述请医护人员帮着记录；而在眼下的工作岗位上，即使整天都要面对成堆的"问题"，但我仍然会在夜深人静之时，寻找另一个通道，悄悄与诗歌对话。

可以说，在我生命最艰难、最痛苦的日子里，是诗歌陪伴着我，诗歌对我来讲就如一柄精神的拐杖，把我当年倒下去的肉体和灵魂，支撑了起来。今天，她也依然清洁干净着我的内心，提醒着我的脚步，时时排除刈割着那些无病呻吟的荒草，怀揣一颗忠诚感恩的心，去抒发家国情怀，去书写那些一起出生入死，没能走到今天的战友。因而，我的诗里剔除了伪饰，呈现的都是战友饱满丰盈的血肉。所以我才会说，我的诗里可以拧出血来，我的诗都是战友的骨头在支撑着。生逢伟大的新时代，作为一名穿过军装的战士，虽然如今我脱下了军服，但也必须保持军人的情怀、战士的样子，始终把生命像子弹一样压进枪膛，只要祖国需要，就毫不犹豫地把自己射出去——让大地山河安然！

作为一名"战士诗人"，我要努力用手中的笔倾情书写新时代的火热生活，让阳光下的日子美好如诗。我曾说："我写诗不

窗口
——
陈灿诗选

是为了把文字分行/而是为了将走远的人一个一个拉近——"

感谢贺敬之老前辈的抬爱，他在95周岁高龄之时还提笔为我的诗选题写书名，深为感动！感谢中国作家协会副主席、著名诗人吉狄马加在百忙中为本书作序。感谢著名文学评论家曾镇南克服家事及身体不适、不用电脑等诸多不便，反复阅读诗稿并撰写序和诗评，在这里我也要对一些诗作让他流下泪水表示不安并致敬意！感谢原解放军艺术学院副院长、著名军事文学评论家朱向前，浙江省作家协会原主席、著名作家麦家等人对本书的倾情推荐。感谢浙江人民出版社社长叶国斌、总编辑王利波对本书出版给予的大力支持，感谢责任编辑吴玲霞、汪芳的辛勤付出。感谢一直以来用不同方式支持、鼓励和帮助我的领导、同事、老师、诗友、朋友、读者，还有我的家人！

感谢诗歌与时代给予我的激励与鞭策！

陈　灿

2021年6月14日端午节

后
记